cascades et gaufres
à gogo

D0920922

Collection animée par Soazig Le Bail.

Titre original : *Vaffelhjarte – Lena og eg i Knert-Mathilde*
© Det Norske Samlaget, Oslo 2005

© ÉDITIONS THIERRY MAGNIER, 2009
pour la traduction française
ISBN 978-2-84420-723-4

Loi n° 49-956 du 16 juillet 1949 sur les publications destinées à la jeunesse
Maquette : Bärbel Müllbacher

cascades et gaufres à gogo

Maria Parr

Traduit du néo-norvégien
par Jean-Baptiste Coursaud

Roman

Illustration de couverture
de Mathis

EDITIONS
THIERRY
MAGNIER

Ce livre a été traduit avec le concours
du Centre national du Livre et de Norla.

Maria Parr est née en 1981. *Cascades et gaufres à gogo*, son premier roman, a été traduit en Allemagne, Pologne, Suède, Russie et aux Pays-Bas.

Jean-Baptiste Coursaud, le traducteur, est né en 1969. Spécialiste de littérature pour la jeunesse et de littérature des pays scandinaves, il traduit des romans norvégiens et danois.

Le trou dans la haie

Pour notre premier jour de grandes vacances, Lena et moi on a installé un téléphérique entre nos maisons. Il fallait que Lena soit la première à essayer, comme d'habitude, forcément. Rassemblant tout son courage, elle a grimpé sur le rebord de fenêtre de ma chambre, a noué ses mains autour de la corde, a ensuite jeté puis joint ses pieds nus par-dessus. Ç'avait l'air hyper dangereux. Je retenais mon souffle pendant qu'elle glissait lentement vers sa maison et s'éloignait de plus en plus de ma fenêtre. Elle va bientôt avoir neuf ans, Lena, et on ne peut pas dire qu'elle soit plus costaude que ceux qui sont un peu plus grands qu'elle. Environ à mi-parcours, ses pieds ont glissé de la corde en faisant un petit « scritch » et, tout à coup, elle s'est retrouvée à pendouiller à hauteur du premier étage des deux maisons, retenue à la corde à la seule force de ses mains. Mon cœur s'est mis à battre à cent à l'heure.

— Ouh là ! a fait Lena.

— Continue ! j'ai crié.

Sauf que continuer n'était pas si évident que ça en avait l'air pour ceux qui depuis la fenêtre regardaient la scène avec des yeux de merlan frit, m'a-t-elle fait remarquer.

– Bouge pas ! Je viens te sauver la vie !

J'avais les mains moites tout en me creusant la cervelle. J'espérais que celles de Lena étaient sèches, archisèches. Ce serait la catastrophe si jamais elle venait à lâcher prise et à s'écraser par terre ! C'est là que j'ai pensé au matelas.

Et, pendant que Lena se retenait du mieux qu'elle pouvait, suspendue dans le vide, j'ai arraché du lit le matelas de papa et maman, je l'ai poussé dans le couloir, balancé dans l'escalier, tiré sur toute la longueur du corridor de l'entrée dont j'ai ensuite ouvert la porte, je lui ai fait dévaler les marches du perron, et enfin je l'ai transbahuté jusque dans le jardin. Il pesait trois tonnes, ce fichu matelas. Au passage, la photo de mon arrière-arrière-grand-mère est tombée et le verre s'est brisé. Mais mieux valait encore que le cadre se casse la figure en mille morceaux plutôt que ce soit Lena.

Quand je suis enfin arrivé dans le jardin, j'ai vu aux grimaces de Lena qu'elle était à deux doigts de lâcher prise.

– T'es pas un peu mou du genou dans ton genre, Trille ? pestait-elle, visiblement en colère.

Tout là-haut, ses couettes noires volaient au vent. J'ai fait comme si je n'avais rien entendu. Lena était suspendue juste au-dessus de la haie. C'était là qu'il fallait que je mette le matelas. Sur la haie. Il n'aurait servi à rien de le mettre ailleurs.

Et puis Lena Lid a enfin pu lâcher prise et tomber du ciel comme une pomme trop mûre. Quand elle s'est affalée sur le matelas, j'ai entendu un petit craquement. Deux arbustes ont immédiatement rendu l'âme.

Quand j'ai vu Lena sortir à quatre pattes de la haie, en tentant de s'extraire des branches et du drap-housse, je me suis effondré sur la pelouse avec un soupir de soulagement.

– Punaise, c'est de ta faute tout ça, Trille ! a-t-elle dit après s'être relevée sans une blessure.

De mon côté j'ai pensé : Ma faute… oui et non, hein. Mais je me suis bien gardé de le dire à haute voix. J'étais trop content qu'elle soit en vie, Lena. Comme d'habitude.

Notre petit Trille
et notre petite voisine

On est dans la même classe, Lena et moi. Lena est la seule fille. Heureusement qu'on est en vacances en ce moment parce que, sinon, elle aurait crevé dans le coma, comme elle dit.

– Je te ferais dire que t'aurais pu aussi crever s'il n'y avait pas eu un matelas sous toi quand tu t'es pris ton gadin, je lui ai fait remarquer, plus tard dans la soirée, alors qu'on était repartis voir le trou dans la haie que sa chute avait causé.

Lena avait de sérieux doutes. Selon elle, elle aurait eu maximum une commotion cérébrale, et ça, elle connaît, elle en a déjà eu. Deux.

Pourtant, ça ne m'a pas empêché de me demander ce qui serait arrivé si elle s'était cassé la figure sans le matelas en dessous. Ç'aurait été triste si elle avait été morte. Parce que là je n'aurais plus eu de Lena pour moi.

Lena est ma meilleure amie, même si c'est une

fille. Je ne le lui ai jamais dit. Je n'ose pas, car je ne sais pas si moi je suis son meilleur ami. À certains moments j'ai l'impression que oui, et à d'autres j'ai l'impression que non. Ça dépend. Mais je me pose énormément la question, surtout quand il se passe des choses comme ce qui s'est passé avec le téléphérique et la chute de Lena sur le matelas que j'avais installé : là, j'aimerais bien qu'elle me dise que je suis son meilleur ami. Elle n'a pas besoin non plus de le claironner. Elle peut juste le chuchoter. Sauf qu'elle ne le fait jamais. Lena a un cœur de pierre. Du moins c'est l'impression qu'on peut avoir, parfois.

À part ça, Lena a les yeux verts et sept taches de rousseur sur le nez. Elle est mince. Papy dit toujours qu'elle est comme un cheval mais qu'elle ressemble à un vélo. Au bras de fer, tout le monde la bat. Mais elle, elle prétend que c'est parce qu'ils trichent tous.

Moi je ressemble à un garçon ordinaire. Enfin, je crois. J'ai des cheveux blonds et une fossette sur un côté. Ce qu'il y a de pas ordinaire, chez moi, c'est mon prénom, même si ça ne se voit pas sur ma figure. Maman et papa m'ont baptisé Theobald Rodrik. Après, ils ont regretté. Ils auraient dû y réfléchir à deux fois avant de donner à un bébé un prénom aussi long. Mais ce qui est fait est fait. Et je m'appelle Theobald Rodrik Danielsen Yttergård depuis neuf ans. Ça remonte à loin, déjà. Ça fait toute une vie, déjà.

Heureusement que tout le monde m'appelle Trille, comme ça mon prénom me fait un peu des vacances. Sauf quand Lena, de temps en temps, me demande :

– Au fait, Trille, c'est quoi déjà ton nom en vrai ?

Ce à quoi je réponds :

– Theobald Rodrik.

Et là Lena éclate de rire. Elle rigole longtemps. Il lui arrive même de se taper sur les cuisses tellement ça la fait rire.

La haie où Lena et moi avions fait un trou représente la limite entre nos jardins. Lena et sa mère habitent dans la petite maison blanche. Il n'y a pas de papa même si Lena estime que ce ne serait pas la place qui manquerait si elles se donnaient la peine de ranger leur sous-sol. Moi j'habite dans la grande maison orange, donc de l'autre côté. On a deux niveaux, plus un grenier sans lucarne, étant donné qu'on est beaucoup dans ma famille : Minda, quatorze ans ; Magnus, treize ans ; Trille, neuf ans, et Krølla, trois ans. Plus papy, qui vit au sous-sol. C'est juste ce qu'il faut pour pouvoir tenir tout le monde, dit maman. Du coup, quand Lena vient nous rejoindre, ça fait juste un peu trop de monde pour maman et elle ne peut plus tenir personne.

Lena se demandait s'il ne valait pas mieux qu'on aille chez moi, vérifier si par hasard quelqu'un n'avait pas eu la bonne idée de prendre un café à la cuisine en mangeant des gâteaux secs.

Et c'était justement l'idée qu'avait eue papy. Il venait pile de monter l'escalier du sous-sol pour boire un café. Papy est maigre, ridé, et il a des cheveux

13

fanés. Parmi toutes les grandes personnes, je ne connais personne qui soit mieux que lui. Là, il était en train d'enlever ses sabots d'un coup de pied, les mains dans les poches de son bleu de travail. Il est toujours en bleu, papy, même s'il ne travaille plus.

– Ah, mais qui voilà ? C'est notre petit Trille et notre petite voisine ! nous a-t-il dit en faisant la révérence. J'ai comme l'impression qu'on est là pour la même chose.

Maman lisait dans le salon. Elle n'avait pas remarqué notre arrivée. Tout simplement parce que c'est on ne peut plus normal que notre cuisine soit à longueur de temps remplie par Lena et papy, même si aucun des deux n'habite ici. « Toc-toc » et les voilà déjà rentrés avant d'attendre la réponse. Lena vient si souvent nous rendre visite qu'elle est presque voisine avec elle-même. Papy a pris une lampe de poche qui traînait sur le plan de travail et s'est faufilé jusque vers maman.

– Haut les mains, peau de lapin ! a-t-il crié, comme si la lampe de poche était un pistolet. Le café ou la mort, madame Kari.

– Et des gâteaux secs ! a ajouté Lena, pour que tout soit parfait.

Maman nous offre presque toujours du café et des gâteaux secs quand on en demande, Lena, papy et moi. Elle n'arrive pas à dire non. Enfin… quand on demande gentiment. Et certainement pas si on la menace avec une lampe de poche.

On formait une jolie petite équipe, nous quatre, je me suis dit, pendant qu'on mangeait des gâteaux

secs autour de la table de la cuisine en racontant des
bêtises. Maman avait piqué une colère avec l'histoire
du téléphérique, mais là elle avait retrouvé sa bonne
humeur et, de but en blanc, elle nous a demandé si
on avait hâte d'être les petits époux de la Saint-Jean.

Lena s'est arrêtée de mâcher.

– Encore cette année ? T'as l'intention qu'on
s'épouse jusqu'à ce qu'on en crève, ou quoi ? a-t-elle
presque crié.

Non, ce n'était pas du tout l'intention de maman
et peut-être, a-t-elle expliqué, qu'elle n'aurait pas dû
nous qualifier d'époux mais…

Mais Lena l'a interrompue :

– Primo, t'aurais certainement pas dû nous qualifier d'époux, et en plus deuzio, là, tu nous cherches
des poux. Non, non, on refuse !

Sa décision était prise, et tant pis si elle l'avait
prise sans me demander mon avis. De toute façon
j'étais d'accord. J'acceptais de refuser. C'est toujours
Lena et moi qui devons nous déguiser en mariés
de la Saint-Jean.

– C'est pas possible, maman. On peut faire autre
chose à la place ?

Maman n'a pas eu le temps d'en placer une puisque Lena a rétorqué tambour battant qu'elle et moi
pouvions fabriquer la sorcière. D'abord, j'ai eu un
tressaillement de frayeur. Mais après j'étais content.
Tous les ans, c'est Minda et Magnus qui fabriquent
la sorcière de la Saint-Jean. Donc ce ne serait que
justice si, pour une fois, c'était Lena et moi qui nous
en chargions. Lena a insisté, imploré, secouant la
main de maman sans cesser de faire des bonds.

– Laisse donc notre petit Trille et notre petite voisine fabriquer la sorcière. On trouvera sûrement une autre possibilité pour les mariés.

Et c'est comme ça que, pour la première fois, il nous a été confié comme mission, à Lena et moi, de fabriquer la sorcière de la Saint-Jean. Il était probable que ce serait aussi la dernière.

Éteindre une sorcière

Lena et moi, on habite dans une baie qui s'appelle Knert-Mathilde. Papy prétend que Knert-Mathilde est un royaume. Et même s'il raconte des bêtises sur à peu près tout et n'importe quoi, papy, moi ça me plaît de penser qu'il a raison, que Knert-Mathilde est un royaume – notre royaume. Les maisons sont séparées de la mer par un grand champ lui-même traversé par un petit sentier gravillonné qui descend jusqu'au rivage. Il pousse des sorbiers le long du chemin dans lesquels on peut grimper. Tous les matins, quand je me lève, je regarde par la fenêtre d'où je vois la mer et le port. En cas de tempête, les vagues s'écrasent contre la jetée, leur déferlement peut même atteindre les champs. Et lorsqu'il n'y a pas de tempête, la mer ressemble à une flaque géante. Si on prend la peine de bien regarder, on remarquera que l'eau est d'un bleu chaque jour différent. J'en profite toujours pour vérifier si j'aperçois le bateau de papy. Il se lève tous les matins à cinq heures pour aller pêcher.

En haut de nos maisons passe la route pour les voitures, et en haut de cette route il y a une grande colline qui, en hiver, nous sert de descente pour faire de la luge ou du ski. Un jour, Lena et moi, on avait fabriqué un tremplin parce que Lena voulait essayer de sauter en luge par-dessus la route. Non seulement elle a atterri en plein milieu, mais elle a eu tellement mal aux fesses qu'elle a été obligée de rester allongée sur le ventre pendant deux jours. En plus, une voiture arrivait au même moment : elle a été obligée de donner un coup de frein, et après on a fait rouler Lena dans le fossé. En haut des collines, tout en haut, on trouve la ferme de Jon de la Côte. C'est le meilleur ami de papy. Toujours plus en haut, il y a les montagnes ; et quand on arrive au sommet de la montagne, on voit notre petit chalet. Il faut deux heures pour y aller.

Lena et moi, on sait tout ce qu'il faut savoir sur Knert-Mathilde. Et encore plus que ça, même. Et, là, on savait très précisément où il fallait chercher pour trouver ce dont on avait besoin pour la sorcière.

Car le mieux dans l'affaire, c'est que papy nous a appris à confectionner des nœuds qui tiennent le coup. Ils nous sont très utiles au quotidien, à Lena tout comme à moi. Et tant pis si on avait promis-juré-craché de ne plus construire de téléphérique. Et donc, comme si elle avait fait ça toute sa vie, Lena confectionnait des nœuds deux demi-clefs pour que la sorcière tienne droit. D'habitude, quand elle s'attelle à quelque chose, Lena va à une vitesse phénoménale. Mais là, il nous a fallu un bon bout de temps avant de réussir à enfoncer le foin sans qu'il ressorte systématiquement des vieilles guenilles qu'on avait utilisées en guise de vêtements. La sorcière avait un peu l'air d'une chiffe molle étant donné qu'on avait toutes les peines du monde à l'attacher et à la faire tenir d'aplomb. De la même taille que Lena et moi, elle avait un air à vous faire froid dans le dos – terrifiante pile comme on voulait. On a reculé de quelques pas et incliné la tête.

– Adorable, a dit Lena avec un sourire de satisfaction.

Magnus est arrivé pile au moment où on devait entreposer la sorcière dans la vieille étable.

– C'est quoi ce que vous nous avez bricolé, là ? Un épouvantail ?

– C'est une sorcière, j'ai expliqué.

Il a éclaté de rire.

– Ça ? Jamais de ma vie j'ai vu une sorcière plus pourrie que la vôtre. Encore heureux qu'elle crame dans pas longtemps.

Sa réflexion m'a mis passablement en colère. Mais ce n'était rien à côté de la colère de Lena.

– Tu ferais mieux de te rendre utile et d'aller préparer le feu au bord de la mer, espèce de feignasse ! hurlait Lena, si fort que même mon pull en tremblait.

Sur ce, Magnus est parti, mais on l'a entendu rigoler pendant un bon moment. J'ai eu beau dire à Lena qu'il était sûrement jaloux vu que c'était Minda et lui qui fabriquaient la sorcière d'habitude, ça ne l'a pas vraiment calmée. Elle pestait toujours autant et a donné des coups de pied à cette pauvre sorcière qui a dégringolé de tout son long. Un peu de foin lui est sorti du ventre.

On est allés chez Lena boire du sirop. La mère de Lena peint. Elle fait de l'art à partir de machins étranges si bien que toute leur maison est remplie de trucs plus bizarroïdes les uns que les autres. Elles ont même dans la buanderie une moitié de moto qui attend d'être en état de rouler une fois qu'elles auront assemblé toutes les pièces. Lena faisait de grosses bulles furieuses dans son verre pendant que ses yeux balayaient le salon. D'un coup d'un seul, son regard s'est immobilisé et elle a pris son air méditatif.

Le haut d'un meuble d'angle rouge supportait la poupée la plus grande que je connaisse. Il m'arrive souvent de l'observer. Les mains sont détachées du reste du corps, la peinture sur son visage est écaillée par endroits, mais la mère de Lena l'a décorée avec des fleurs séchées. Et c'était cette poupée que Lena était en train de fixer d'un œil intéressé.

J'ai été saisi d'une peur panique quand j'ai compris à quoi elle pensait.

– On peut quand même pas… ?

– Les sorcières doivent être fabriquées dans des vieux trucs bons à jeter, Trille. Et cette poupée, elle a plus de soixante-dix ans, maman me l'a répété plus d'une fois.

– Mais justement… ça fait pas *trop* vieux ?

Lena trouvait que c'était une bonne question et m'a remercié de l'avoir posée. Selon elle, plus vieux c'était, mieux c'était. Elle a poussé le rocking-chair jaune contre l'armoire et m'a ordonné de monter dessus pour descendre la poupée.

– J'ai les genoux qui ont la tremblote, j'ai murmuré.

Lena a plaqué ses doigts effilés autour d'eux.

– Plus maintenant.

Ça devient tout de suite plus simple de fabriquer une sorcière quand on a non pas du foin mais une vraie poupée comme support. Déguisée avec un nez en carton, un fichu et des lunettes de soleil, elle faisait presque illusion : on aurait pu la croire vivante. À moins de le savoir, personne n'aurait pensé sinon qu'il s'agissait d'une poupée. On l'a cachée sous le lit de Lena.

Ce soir-là, il m'a fallu tout un moment avant de trouver le sommeil. J'ai fini par convoquer la sorcière dans ma prière du soir.

– Cher Dieu, fais en sorte qu'elle ne brûle pas pour de vrai.

Quand je suis entré dans la cuisine le matin de la Saint-Jean, je suis tombé nez à nez avec mamie bis.

– Oh ! Mais qui voilà ? C'est notre petit Trille chéri ! s'est-elle exclamée en me faisant un clin d'œil.

Mamie bis, c'est la sœur de papy, en fait. Elle est vieille et grosse, elle habite à une vingtaine de kilomètres de chez nous, et elle nous rend toujours visite les jours exceptionnels : Noël, Pâques, les anniversaires, la Fête nationale ; les journées de ce genre, quoi. Et puis pour la Saint-Jean, donc. Notre vraie grand-mère, celle qui était mariée à papy, elle est morte à l'âge de trente-cinq ans seulement. Mamie bis est notre grand-mère de substitution.

Je me suis senti tout chose quand je l'ai vue. Mamie bis a un visage et des traits tellement jolis, et ça, c'est parce qu'elle sourit en permanence. Dès qu'elle vient nous voir, tout le monde dans ma famille est de bonne humeur et a envie de s'amuser et de rigoler. Quand elle est là, on joue aux petits chevaux, on suçote des bonbons au camphre et on écoute les histoires qu'ils racontent, papy et elle. Et puis mamie bis fait des gaufres. Les gens disent que, pour eux, il n'y a rien de mieux au monde que telle ou telle chose. Eh bien moi je dis que les gaufres de mamie bis c'est définitivement ce qu'il y a de mieux au monde. Sur la terre entière, même.

C'était une belle journée. Même papa est resté avec nous pour jouer aux petits chevaux et manger des gaufres. Il aurait dû aller épandre du fumier, mais maman l'a convaincu de le remettre à un autre jour : comme ça, on éviterait de fêter la Saint-Jean dans une odeur de bouse. Papa a trouvé que ce n'était pas une si mauvaise idée.

À six heures, maman a frappé dans ses mains pour dire que c'était le moment d'allumer le feu de la Saint-Jean. J'aurais aimé avoir un bouton sur le front sur lequel il m'aurait suffi d'appuyer pour disparaître. Pourquoi Dieu ne nous a pas dotés de boutons de ce genre ? J'aurais nettement préféré en avoir un plutôt que l'orteil du milieu.

Au moment où on s'apprêtait à partir, mamie bis s'est mis les mains dans le dos en disant qu'elle voulait se reposer un peu. Papy est resté avec elle pour lui tenir compagnie – et pour manger plus de gaufres et de bonbons au camphre.

– Moi aussi je veux rester avec vous ! j'ai dit.

Je n'en ai pas eu la permission.

Lena n'avait pas montré le bout de son nez de toute la journée. Or je la voyais maintenant arriver, portant notre superbe sorcière enveloppée dans un linge, certes avec un air de triomphe, mais aussi avec une ride d'inquiétude qui lui barrait le front.

– Et si on la laissait, hein, et qu'on ne la prenait pas ? j'ai proposé.

Lena a jeté un regard furtif vers Magnus avant de secouer la tête.

Tous les habitants de Knert-Mathilde étaient réunis sur le rivage : ma famille au grand complet, Lena et sa mère, oncle Tor qui est le frère de papa, et la copine d'oncle Tor. Sur un socle de pierre se dressait le feu de bois le plus haut et le plus beau que j'aie jamais vu. Minda, Magnus et papa l'avaient construit. Mon frère et ma sœur affichaient une mine réjouie et fière.

– Bon ben... il ne manque plus que la sorcière, a souri papa en faisant tourner la pointe de sa moustache.

Lena s'est éclairci la voix puis elle a déroulé le drap qui enveloppait la sorcière. Toute l'assemblée ouvrait de grands yeux sur le personnage que nous avions fabriqué.

– Elle est ma-gni-fique ! s'est extasiée Minda – les autres hochaient la tête à l'unisson.

Du coin de l'œil, j'ai remarqué que sur le front de Lena la ride d'inquiétude s'était transformée en rift d'inquiétude. J'ai touché mon front. Hélas, toujours pas de bouton à l'horizon.

Minda a pris la sorcière sous le bras et s'est hissée au sommet du bûcher. Lorsqu'elle est arrivée en haut, ses genoux ne tremblaient toujours pas, bien qu'elle se tienne à plusieurs mètres du sol. Minda a été adoptée. Papa et maman sont allés la chercher en Colombie alors qu'elle n'était encore qu'un petit bébé orphelin. Parfois, je me demande si en fait elle ne serait pas une princesse indienne. Quand on la regarde, c'est vraiment l'impression qu'elle donne. Et, ce soir-là, du haut du feu de la Saint-Jean, avec ses cheveux qui volaient au vent, je trouvais qu'elle ressemblait plus que jamais à une princesse indienne. Pendant une petite minute, j'étais presque content comme tout. Du moins jusqu'à ce qu'oncle Tor sorte son briquet. Il s'apprêtait à mettre le feu quand Krølla s'est écriée :

– Faut aller chercher les poux !

Inutile, ils venaient tout seuls, les époux. Oui, un vrai couple de mariés était en train de descendre notre champ qui venait juste d'être fauché. Papy et mamie bis ! Je crois que j'ai eu un choc. Car c'était une scène comme on n'en voit que dans les films : mamie bis avait enfilé le costume de papa, elle faisait le marié, on aurait dit un gros pingouin ; papy, lui,

24

portait une robe longue, blanche, une voilette et des talons hauts, le cactus qu'il avait à la main était censé être le bouquet de la mariée.

Qui aurait cru qu'on puisse autant rire ? Parce que, qu'est-ce qu'on a ri ce soir-là ! Maman a avalé son jus de poire tellement de travers qu'elle en a toussé jusqu'au lendemain. Même oncle Tor a dû s'accroupir. Et le mieux, c'est que tout le monde a oublié l'existence du feu de la Saint-Jean.

Seulement voilà, une fois que papy et mamie bis se sont assis, oncle Tor a ressorti son briquet.

– N'allume pas ! a dit Lena à toute vitesse.

Ils ont braqué leur regard sur elle, surpris, mais avant qu'on ait pu émettre la moindre protestation, le feu avait déjà pris. J'ai vu Lena retenir sa respiration pendant une seconde. Et tout l'air qu'elle avait de bloqué dans ses poumons s'est transformé en un hurlement tonitruant. Le genre de cri dont seule Lena est capable. J'ai juste eu le temps de me boucher les oreilles avant qu'il sorte.

– Éteiiins !!! gueulait-elle.

Les flammes dansaient d'un côté du feu, en remontant sensiblement vers la sorcière.

– Maman, il y a la poupée ! C'est la poupée qui se trouve dans la sorcière ! Éteins le feu tout de suite !

Minda a été la première à réagir. À la vitesse de l'éclair, elle a vidé une boîte de saucisses qu'elle a remplie d'eau de mer. Et soudain tout le monde a semblé se réveiller. On a vidé tout ce qu'on a trouvé de caisses et de boîtes, nous fonçant les uns dans les autres chaque fois qu'on allait ou venait puiser de l'eau. Papa désignait et commandait en essayant de nous faire former une chaîne humaine – puisqu'il fait partie du corps de sapeurs-pompiers du village. Sauf que notre tentative pour éteindre le flambeau était sans effet. Les flammes dévoraient le bois et continuaient de grimper vers le sommet du bûcher.

– Oh non, oh naaan ! je gémissais de mon côté, sans oser regarder la sorcière.

On a fini par comprendre qu'il ne serait pas possible d'éteindre le feu : il s'était propagé dans trop d'endroits à la fois.

– Ça ne sert à rien ! a crié oncle Tor en écartant les bras en signe de défaite.

Il venait à peine de terminer sa phrase, et on avait perdu tout espoir, quand quelqu'un a démarré le tracteur. Toujours garé dans le champ, il avait la remorque pleine de fumier. Papy s'était mis au volant et fonçait vers nous comme un bolide.

– Poussez-vous, bordel ! hurlait-il à travers la vitre en essayant d'ôter la voilette qu'il avait toujours sur le visage.

Maman a poussé un cri. Et c'est bien tout ce qu'elle a eu le temps de faire avant que la mariée n'appuie sur le bouton de l'épandeur à fumier qui se trouvait à une petite distance du feu de la Saint-Jean.

En l'espace d'une brève et étrange seconde, le ciel a pris une teinte marron. Je me souviens d'avoir pensé que ça ne pouvait pas être possible mais, dans le même temps, j'ai vu les autres se couvrir la tête avec leurs mains. L'instant d'après, une pluie de purin et une douche de bouse se sont déversées sur nous. Nous nous sommes retrouvés, les uns comme les autres, embousés de la tête aux pieds. Courir aurait été totalement inutile. On ne voyait ni n'entendait rien d'autre que le fumier qui volait de part et d'autre.

Quand enfin le déluge s'est arrêté, j'ai eu l'impression que les bruits du monde entier avaient cessé. Nous, les habitants de Knert-Mathilde, nous nous tenions là, immobiles, et pas un seul endroit de notre corps n'avait été épargné par la bouse de vache. Jamais, jamais de ma vie je ne l'oublierai.

La porte du tracteur s'est ouverte. Papy a délicatement soulevé les pans de sa robe de mariée d'un blanc immaculé puis s'est avancé vers nous en essayant d'éviter les flaques de fumier qui jonchaient le champ de part en part.

– Oui oui… a-t-il dit, en hochant la tête pour désigner le feu.

Il n'y avait plus une flamme. Le bûcher de la Saint-Jean tout comme la sorcière dégouttaient autant que nous de purin.

– Merci, papy, j'ai marmonné.

La barque de Noé

Le lendemain, on est allés à l'école du dimanche, Lena et moi. On a emmené Krølla avec nous.

Comme il avait plu pendant la nuit, le chemin était jonché de flaques d'eau. Et comme Krølla avait mis les pieds dans la mauvaise botte, il a fallu la porter dans les côtes.

– Punaise, heureusement que c'est pas ma sœur! pestait Lena de temps à autre quand elle devait nous attendre.

Lena a beau dire ça, je sais qu'elle n'en pense pas un mot. Krølla est mignonne, c'est un ange. En fait, son vrai prénom est aussi tarabiscoté que le mien : Konstanse Lillefine – ou quelque chose dans ce genre, je ne sais plus très bien.

À l'école du dimanche, on a appris l'histoire de l'arche de Noé. Noé était un homme qui a vécu dans un autre pays, il y a plusieurs millénaires. Au sommet d'une montagne, il a construit un grand bateau qu'on appelait une arche. C'est Dieu qui lui avait demandé de construire son bateau en haut de la montagne. Il allait se mettre à pleuvoir des cordes, l'a prévenu Dieu. La terre entière serait transformée en mer. Noé devait rassembler un mâle et une femelle de chaque animal existant et les charger à bord de l'arche avant que la pluie ne se mette à tomber, sinon ils se noieraient. Les gens trouvaient Noé un peu loufoque dans son genre : voilà un type qui possédait au sommet d'une montagne un bateau rempli d'animaux. Mais Noé se fichait pas mal de ce qu'ils disaient. Quand il a eu terminé, il a commencé à pleuvoir. L'inondation a d'abord recouvert les champs et les chemins, l'eau a ensuite dépassé le sommet des arbres et les maisons, puis elle est montée jusqu'en haut de la montagne où se trouvaient Noé et son arche si bien qu'elle les a soulevés. Avec sa famille et tous les animaux, Noé a vogué au fil de l'eau pendant plusieurs semaines. Le plus horrible dans l'histoire, c'est que tous ceux qui n'étaient pas montés à bord de l'arche sont morts noyés. Comme Dieu lui-même trouvait ça triste, il a inventé l'arc-en-ciel et il a promis que plus jamais il ne déverserait autant d'eau à la fois.

En rentrant à la maison, sous le soleil, Lena a dit :
— Quel nom débile, arche, pour un bateau. L'autre là, Noé, il aurait pu trouver mieux que ça.
— C'est pas forcé que ce soit Noé qui ait trouvé le nom, j'ai répondu, en sautant par-dessus une grande flaque d'eau.
— C'est qui alors ? a rétorqué Lena, en sautant par-dessus une flaque encore plus grande. Peut-être qu'ils ont fait des fautes d'orthographe quand ils ont écrit la Bible.

– Tu crois tout de même pas qu'ils faisaient des fautes ?

J'ai pris mon élan pour sauter par-dessus la plus grande flaque de tout le chemin. J'ai atterri en plein milieu.

– Peut-être qu'ils avaient pas encore inventé toutes les lettres, a dit Lena après le « splatch ». Vu que ça remonte à une éternité, leur bidule.

J'ai d'abord vidé ma botte puis celles de Krølla à cause de l'eau qui y était rentrée, tout en demandant à Lena si, dans ce cas, elle avait un nom qui fonctionnait mieux que *arche* pour désigner un bateau. Elle n'a pas répondu immédiatement. Je croyais presque qu'elle ne trouverait rien, mais alors elle s'est exclamée :

– Barque !

La barque de Noé. Voilà ce qui, selon Lena, aurait dû figurer dans la Bible. Tout le monde sait qu'une barque est un bateau ; en plus petit, d'accord. Alors qu'une arche, c'est complètement autre chose, c'est un machin d'architecture. Et Lena de soupirer en disant que ceux qui avaient écrit la Bible étaient vraiment des nuls.

– Les barques n'ont pas vraiment la taille idéale pour contenir tous les animaux, j'ai insisté.

Lena a secoué la tête.

– Qu'est-ce que tu crois ? C'est pour ça que les dinosaures sont morts, Trille. Ils se sont noyés. Noé n'avait pas assez de place pour eux.

Et c'est pile à ce moment-là, pendant que j'imaginais Noé en train de se casser le dos à essayer de faire monter dans sa barque le *Tyrannosaurus rex*, que j'ai eu cette idée lumineuse :

31

– Lena, et si on essayait d'en faire une, de barque ?
Comme ça on verra combien d'animaux logent
dedans.

Lena ne voulait pas passer son dimanche à autre
chose que ça.

Oncle Tor possède un caboteur, joli comme tout,
qu'il utilise chaque jour de la semaine sauf le dimanche.
Ça nous ferait office de barque. Le problème, c'est
qu'il se mettait vite en colère, tonton, et surtout contre
Lena et moi. Mais bon, on ne trouve pas des barques
à tous les coins de rues, il faut prendre ce qu'on a
sous la main, et tant pis si la barque appartient à
oncle Tor. Voilà ce que pensait Lena, si je voulais
son avis. Elle m'a demandé si je croyais vraiment
que Noé se serait embarrassé d'un oncle mal luné
quand l'avenir du monde était en jeu. J'ai haussé les
épaules, pas très certain de son raisonnement.

On a confié Krølla à papa et on s'est carapatés
en vitesse.

Oncle Tor habite la troisième et dernière maison
de Knert-Mathilde, tout en bas, au bord de la mer.
Ce dimanche-là il était parti en ville, au cinéma.
Le caboteur flottait mollement le long de la jetée.
Il ne restait plus qu'à monter à bord et retirer la
passerelle, ce que j'avais déjà fait le jour où j'étais
allé pêcher avec tonton. Sitôt qu'on a enfilé les gilets
de sauvetage, on a eu nettement moins l'impression
qu'emprunter le bateau sans demander la permission
était interdit. On s'est interrogés une seconde pour
savoir si on n'allait pas prendre nos casques de vélo,
une idée qu'on a finalement abandonnée.

Il y a énormément d'animaux à Knert-Mathilde. Des grands, des petits, bref, tous très différents les uns des autres. On a d'abord emporté les deux lapins qui habitent juste devant la fenêtre de la cuisine de papy. Février et Mars, c'est comme ça qu'ils s'appellent. Comme on n'arrivait pas à les faire tenir tranquilles sur le pont, on leur a donné des feuilles de pissenlit. Ça les a tout de suite calmés. Ensuite, on est allés dans la cour aux poules, derrière la grange, pour prendre notre coq et une poule – notre choix s'est arrêté sur N° 4. Le coq faisait un potin pas possible. On a cru pendant un moment que maman allait nous tomber dessus à bras raccourcis, mais elle devait avoir allumé la radio, elle n'a rien entendu. Les moutons étant dans la montagne, il a fallu nous contenter de la seule chèvre que nous avons. Elle a le même âge que Magnus et elle est d'une humeur un peu pète-sec, comme dit mamie bis. C'est vraiment une vieille bique, dit-elle aussi en rigolant. Quand cette idiote de chèvre s'est retrouvée sur le bateau, elle n'a fait qu'une bouchée des feuilles de pissenlit destinées aux lapins. On a donc dû aller en arracher d'autres. Après, on a cherché partout dans Knert-Mathilde nos deux chats, mais on n'a trouvé que Festus.

– Il est tellement obèse qu'il comptera pour deux, a décidé Lena en le déposant au soleil, près de la cabine de pilotage.

À force de transbahuter toutes ces bestioles, nos gilets de sauvetage étaient quasiment défaits. On les a resserrés à fond avant d'aller à la remise prendre autant de bocaux qu'on pouvait en porter. Ceci fait, on est partis à la chasse aux insectes. On a réussi à attraper : deux bourdons, deux asticots, deux escargots, deux pucerons, deux araignées, deux scarabées. Au total : six bocaux. Sauf que quand tout ça a été derrière nous, il s'était écoulé de très nombreuses heures, on avait faim et mal au dos. Un des bourdons avait même piqué Lena au moment où elle cherchait à savoir si c'était un monsieur ou une dame.

– On n'aura jamais fini à ce train-là ! a-t-elle dit en se grattant, agacée, sa piqûre de bourdon.

Les animaux s'étaient tous gentiment étendus sur le pont du caboteur, au soleil. Jamais de ma vie je n'avais vu d'animaux dans un bateau. Si ça se trouve, peut-être que leur souhait le plus profond était de faire un tour en barque… C'était une jolie pensée. Toujours est-il qu'il y avait encore de la place pour d'autres animaux.

Lena m'a regardé d'un air grave avant de dire :

– Trille, le moment est venu de mettre une vache.

Tonton possède des génisses. Les génisses sont des vaches adolescentes un peu plus fofolles que les vaches ordinaires. Et avec un peu moins de pis. Elles étaient en train de brouter en haut de la maison de mon oncle. Tout ce dont on avait besoin ce dimanche-là c'était la génisse de tonton, je me suis dit, et en me disant ensuite que j'aurais aimé qu'on ait nous-mêmes des vaches. Il allait être fou furieux ! Mes genoux tremblaient. Je les ai montrés à Lena.

– Faut que tu fasses quelque chose pour tes genoux, Trille, ça va pas là !

Lena était aussi d'avis que tonton devait bien comprendre qu'on n'allait pas s'enquiquiner la vie à dégoter des insectes toute la sainte journée. Il nous fallait une bestiole qui prenne un peu de place. J'avais peur qu'oncle Tor ne le comprenne pas vraiment, mais j'ai préféré la boucler.

Après avoir observé pendant un long moment les génisses en train de paître, on a choisi celle qui semblait la plus grosse et la plus gentille.

– Viens là me voir, mignonne meuh-meuh, a dit Lena en attrapant délicatement le collier que la génisse avait autour du cou.

Ça a marché comme sur des roulettes. Elle nous a suivis jusqu'à la jetée sans faire le moindre raffut. Pour nous, ça revenait à tenir en laisse un gros et gentil toutou.

– Aaah ! Là c'est rempli comme il faut ! s'est enthousiasmée Lena, satisfaite de son coup.

Mes genoux avaient retrouvé leur calme. Lena et moi avions réussi ce qu'avait fait Noé. On avait rempli une barque avec plein d'animaux. Il suffisait de faire monter la génisse à bord, et on serait au grand complet.

Seulement voilà : on était sur la passerelle, arrivés à mi-chemin, avec la génisse devant nous, quand on s'est brusquement rendu compte que la chèvre avait commencé à manger les rideaux de la cabine de pilotage. Du coup, Lena a poussé un hurlement de colère. À partir de là, tout est parti en eau de boudin.

La génisse a été tellement terrorisée par le cri de Lena qu'elle a fait un bond d'au moins un mètre et demi avant de retomber sur le bateau comme un coup de tonnerre. Soudain on se retrouvait avec, à bord, une génisse en état de choc : elle mugissait comme une folle vers le ciel en donnant des coups de patte partout. Le chat et les lapins ont aussitôt détalé dans tous les sens. N° 4 et le coq s'envolaient puis se posaient sans cesser de caqueter et de glousser. Jetant des regards surpris de part et d'autre, la chèvre a fini par faire caca sur le pont. Comme si ça ne suffisait pas, la vache a glissé sur les crottes et heurté de son sabot la fenêtre qui s'est brisée. Tout n'était plus qu'une immense purée de plumes, de crottes, de pissenlits et de lapins.

Lena et moi, bras ballants, assistions impuissants au spectacle. Qui s'est soldé par un saut majestueux de la génisse dans la mer.

Et c'est sur ces entrefaites qu'oncle Tor a déboulé. Heureusement pour la génisse. Malheureusement pour nous.

– Mais qu'est-ce que c'est que ce chantier, bon sang de bonsoir ?!

Il gueulait tellement fort qu'on l'entendait à coup sûr jusqu'en Colombie.

– C'est ce qu'on a appris au caté ! s'est récriée Lena.

La génisse pataugeait et se débattait dans la mer. On avait l'impression de voir un petit bateau à moteur marron. Moi, je crois qu'elle avait peur de l'eau.

Tonton n'a rien dit. Sautant dans le bateau, il s'est emparé d'une corde qui traînait par là et s'en est servi pour fabriquer un lasso. Mon oncle, ce n'est pas vraiment un cow-boy, et il a dû s'y reprendre à plusieurs fois, avec un style légèrement bizarre, avant que le nœud ne réussisse à s'enrouler autour de la tête de la génisse. Quand il a pu la tirer sur la terre ferme, il était tellement en nage et en rage qu'il écumait de colère.

– Espèces de petites crapules ! hurlait-il.

J'étais content qu'il se trouve là où il était et qu'il doive tenir la génisse.

– Si jamais toi, Trille Danielsen Yttergård, et toi, Lena Lid, vous vous approchez de mes terres dans les six mois qui vont venir, je vous jure que je vous donnerai à tous les deux un coup de tête dans le ventre que vous allez sentir passer !

Il hurlait toujours autant. Il nous a fait signe de décamper en agitant le bras, au point que j'ai cru que celui-ci allait se décrocher de son épaule.

On a couru comme des dératés. On s'est réfugiés derrière la cabane de jeux de Krølla. Allongé sur le dos, j'étais désemparé. Lena a dit au bout d'un moment :

– Ce qui est sûr, c'est que quand on a la tête dans le ventre, on peut voir à travers le nombril.

Les parents s'en rendent toujours compte quand on a fait quelque chose de mal. Un peu comme s'ils avaient un radar interne. Et cette fois-ci n'allait pas échapper à la règle. Maman, papa et la mère de Lena nous ont convoqués dans notre cuisine bleue en exigeant de connaître la vérité sur ce qu'on avait bidouillé. On n'a même pas eu le temps d'ôter nos gilets de sauvetage.

Il n'y avait pas trente-six solutions : il fallait tout raconter, tout expliquer. Quand on a terminé notre récit, les trois parents nous regardaient en ouvrant de très grands yeux. Il régnait un silence de mort. Lena a poussé un soupir, identique à celui qu'elle a l'habitude de pousser pendant les heures de maths : bref, mais saccadé. Je tambourinais des doigts contre le gilet de sauvetage pour qu'ils prennent au moins conscience qu'on avait pensé à l'enfiler.

– Ah… ce bon vieux Noé, a dit papa au bout d'un moment, en essayant de dissimuler un sourire dans sa moustache.

Maman l'a fusillé du regard. Elle trouvait que le moment était franchement mal choisi pour plaisanter.

– Vous avez perdu les pédales tous les deux, ou quoi ? a-t-elle demandé.

À défaut de savoir quoi lui répondre, je me suis contenté de hocher la tête. Même moi je comprenais qu'on avait un peu dépassé les bornes, ce week-end-là.

– Vous allez immédiatement demander pardon et vous allez récupérer toutes les bêtes, nous a ordonné la mère de Lena.

– Je crois que Tor préférerait ne pas voir notre frimousse, a marmonné Lena.

Mais il était inutile de protester. Papa a chaussé ses sabots et nous a emmenés. J'étais malgré tout content qu'il nous accompagne. Oncle Tor est son petit frère. En des jours comme celui-ci, ça rassure un peu de le savoir.

– T'es complètement chtarbé, Trille ! m'a crié Magnus du premier étage, au moment où on est sortis – j'ai fait semblant de ne pas l'entendre.

38

– C'est maintenant qu'on devrait prendre nos casques à vélo, j'ai chuchoté à Lena.

Il n'y a pas eu d'arc-en-ciel ce jour-là, même si Lena et moi avions rempli une barque entière d'animaux. Mais il n'y a pas eu de déluge non plus. Tout s'est bien passé, en fait. La petite copine de tonton était là, et elle adore les enfants. Même ceux dans le genre de Lena et moi. Tonton ne pouvait pas piquer de colère en sa présence.

– On n'empruntera plus jamais ton bateau ou ta génisse sans te demander la permission, a dit Lena.

– Et on paiera pour la fenêtre cassée.

Lena a été prise d'une quinte de toux.

– Enfin… quand on aura les sous, j'ai rectifié.

Après, on a eu droit à du gâteau aux pommes avec de la crème fouettée.

Lorsque tous les animaux ont retrouvé leur place attitrée, la rosée s'était déposée dans l'herbe. Lena sifflotait à voix basse.

– Trille… tu sais ce qui rime avec vieille bique ?

J'ai secoué la tête.

– Crotte de bique !

Elle a pouffé de rire. Puis elle est partie en courant, avant de s'engouffrer dans le trou de la haie. Je l'ai entendue claquer la porte d'entrée de chez elle. C'est toujours ce qu'elle fait. Elle la claque tellement fort qu'on croit entendre une déflagration dans tout Knert-Mathilde.

Elle est comme ça, Lena Lid.

Cherche papa

Le lendemain, papa s'est attelé à sa mission de l'été. Il en a une nouvelle tous les ans. Elle consiste généralement à construire quelque chose de grand et de compliqué. Et c'est toujours maman qui décide ce que ce sera. Cette année, maman avait donc décidé que nous aurions un mur en pierre au bout de la dalle qui forme la terrasse. Lena était aux anges. Elle adore marcher en équilibre.

— Faut que tu le fasses haut et étroit, commandait-elle.

Papa grognait dans la caillasse. Il n'aime pas les missions de l'été. Aux beaux jours, il préférerait de loin s'asseoir tranquillement sur le balcon et y déguster un petit café. On le regardait travailler depuis peu de temps quand il nous a priés, Lena et moi, d'aller jouer plus loin, mais alors vraiment très loin.

— Tu n'as pas de papa, toi ? j'ai demandé, du bout des lèvres, à toute vitesse, presque dans un

41

toussotement – on venait de traverser le trou dans la haie, on était arrivés dans le jardin de Lena, devant le mur de sa maison.

– Ben si j'en ai un, tiens !

Elle marchait à reculons, mains tendues, en se tenant en équilibre. Je regardais ses baskets usées qui s'éloignaient de plus en plus de moi.

– Il est où alors ?

Elle l'ignorait. Il avait pris ses cliques et ses claques et il s'était tiré avant sa naissance.

– Il est parti ? j'ai demandé, effrayé.

– T'es sourd ou lourd ?

Elle m'a toisé d'un air agacé.

– Ils nous servent à quoi de toute façon ?

J'étais assez embarrassé pour répondre. Je ne savais pas tout à fait si *servir* était le bon mot.

– Ils construisent des choses. Des murs, des trucs de ce genre.

Lena en avait déjà un, de mur.

– Et puis ils savent… euh…

Je n'avais jamais vraiment réfléchi à quoi me sert papa. Histoire de me faire une idée, je me suis mis sur la pointe des pieds et j'ai jeté un œil par-dessus la haie. Rouge comme une pivoine, il pestait contre la mission de l'été. Il n'était pas très évident de trouver, comme ça, au débotté, à quoi il me servait.

– Ils mangent du chou bouilli, ai-je fini par dire.

Ni Lena ni moi n'aimons le chou bouilli. Ça a le goût de morve. Hélas pour nous, on en a un plein carré. Ma mère comme celle de Lena disent que le chou, il faut qu'on en mange, c'est pour notre bien. Papa, lui, il ne dit rien de tout ça. Il mange. Il mange mon chou. Je déverse la bouillie verdâtre dans son assiette dès que maman a le dos tourné.

Toujours est-il, si je comprenais bien, que Lena ne semblait pas trouver si idiote que ça mon invention à propos du chou. Elle avait, du haut du mur où elle était juchée, une vue idéale sur papa et sa mission de l'été. Debout sur un pied, elle l'a longuement et minutieusement examiné.

– Hm… a-t-elle fait.

Puis elle a sauté et elle est retombée à pieds joints.

Plus tard dans la journée, on est allés au Buda, la supérette du coin, pour acheter ce que Magnus avait oublié. La mère de Lena y travaille. Elle était en train de compter les marchandises quand on est arrivés.

– Coucou ! nous a-t-elle dit en guise de salut.

– Coucou, j'ai répondu.

Lena a simplement levé la main.

Au moment de ressortir, on s'est arrêtés pour lire les petites annonces scotchées sur la porte. On le fait tout le temps. Aujourd'hui, il y en avait une nettement plus grande que les autres. On s'est approchés.

Cherche petit chien.
Un bâtard ferait l'affaire.
Propreté exigée.

Lena a lu et relu le papier.

– Tu veux un chien ? j'ai demandé.

– Non. Mais ça doit marcher aussi avec les papas, non ?

Un jour Magnus nous avait parlé, à Lena et à moi, des petites annonces. Ce sont des espèces de notices qu'untel ou unetelle met dans les journaux pour dénicher l'amour de sa vie. Lena y avait déjà songé, me racontait-elle. À savoir : elle s'était demandé s'il était possible, pour se le dégoter, ce papa, de passer une annonce dans ce style. Il y avait juste un petit inconvénient : on ne sait jamais qui lit les journaux. Ça pouvait être des bandits, des directeurs d'école, bref, n'importe qui. Il valait donc mieux accrocher un papier au Buda, puisqu'elle savait qui venait y faire ses courses.

– Toi, Trille, tu vas l'écrire. Vu comme t'es doué en écriture.

Elle venait juste d'aller chercher du papier et un stylo au magasin. Une de ses tresses pendouillait de travers mais sinon elle avait l'air hyper décidée. Je me sentais quant à moi hyper sceptique.

– Qu'est-ce qu'il faut que j'écrive ?

Lena s'est affalée sur la table en bois devant le Buda. Elle se creusait tellement les méninges que j'entendais presque son cerveau mouliner.

– Écris : « Cherche papa. »

J'ai soupiré.

– Lena, tu crois que…

– Écris, je te dis !

J'ai haussé les épaules et j'ai obéi.

N'empêche qu'après, il y a eu un très long silence, très inhabituel pour quelqu'un comme Lena. Elle a fini par toussoter et par parler à haute et intelligible voix :

– Doit être gentil et aimer le chou bouilli. Étudie

toute proposition du moment que le papa est gentil et aime le chou bouilli.

J'ai froncé les sourcils. Ça faisait un peu bizarre, quand même.

– T'es sûre qu'on doit parler de chou bouilli dans l'annonce, Lena ?

Non, à la réflexion Lena n'en était pas si sûre. Mais le papa devait être gentil.

Au final, le papier a ressemblé à ça :

Cherche papa.
Gentillaisse exigée.
Ne fera pas l'affaire s'il n'aime pas les enfants.

Tout en haut figurait le nom de famille et le numéro de téléphone de Lena. Ensuite elle a scotché le bout de papier, à un demi-millimètre au-dessous de l'annonce pour le chien.

– T'es complètement cinglée !

– Je suis pas cinglée ! Je fais juste en sorte d'activer un peu la machine.

Et Lena a tellement bien activé la machine qu'il ne s'était pas écoulé une demi-heure après notre retour chez elle quand le téléphone a sonné. Dans le fond, je crois que Lena n'avait pas vraiment réfléchi à ce qu'on avait fait. Du moins pas avant ce coup de fil. Ça sonnait. Ça n'arrêtait pas de sonner.

– Tu décroches pas ? j'ai demandé, à voix basse.

Elle s'est levée de mauvaise grâce, puis elle a décroché.

45

– A-allô… ?

De la bouche de Lena ne sortait plus qu'un filet de voix. J'ai posé mon oreille contre le combiné.

– Oui, allô. C'est Vera Johansen à l'appareil. C'est toi qui as accroché la petite annonce au Buda ?

– Oui…

– Épatant ! Figure-toi que j'ai ce qu'il te faut. Bon, il fait encore un peu son fou mais, tu te rends compte, il n'a pas fait pipi *une seule fois* dans la maison depuis deux semaines !

Le menton de Lena s'est affaissé jusqu'au milieu du ventre, environ.

– Il fait pipi dehors ? a demandé Lena, épouvantée.

– Oui, c'est pas merveilleux pour son âge ?

Vera Johansen avait l'air vraiment fière d'elle. Je me suis dit : cette femme est siphonnée, c'est pas possible autrement. Un papa qui va pisser dehors ! Lena était médusée, il suffisait de regarder son visage pour s'en rendre compte. Elle a tout de même dû trouver qu'elle devait reprendre ses esprits puisqu'elle s'est éclairci la gorge et a demandé, d'une voix un peu brusque, s'il aimait le chou bouilli. Il y a eu un léger silence à l'autre bout du fil.

– Alors là, tu vois, je ne lui en ai jamais donné. Mais peut-être que maman est à la maison ? Parce qu'elle doit avoir son mot à dire dans l'affaire, non ?

Lena s'est effondrée. Les dernières paroles de Vera Johansen ont été pour nous annoncer qu'elle passerait sur les coups de cinq heures, histoire de nous le montrer. Comme ça, ce serait plus facile de se décider.

Après avoir raccroché, Lena est restée assise, les yeux dans le vide. Au bout d'un moment, elle m'a demandé :

– Ton papa, Trille, il fait pipi dehors ?

– C'est très rare.

Lena s'est allongée sur le ventre et s'est cogné la tête par terre.

– Ôskouuur ! Qu'est-ce que maman va dire ?

On n'a pas tardé à l'apprendre. Car, juste après, la porte a été claquée avec un fracas infernal et la mère de Lena est entrée au pas de charge, les joues cramoisies, la petite annonce à la main. Elle ressemble beaucoup à Lena.

– Lena Lid ! Qu'est-ce que c'est que ça ?

Lena n'a pas bougé un orteil du parquet où elle était étendue.

– Réponds-moi ! Tu as perdu la boule, ma parole !

J'ai bien vu que Lena n'avait pas grand-chose à répondre.

– Elle a voulu un peu activer la machine, j'ai expliqué.

Heureusement, la mère de Lena est habituée à être la mère de Lena. Et donc ce genre d'incident ne la met pas en état de choc. En la regardant, j'ai pensé que beaucoup aimeraient sûrement se marier avec elle. Elle a le nez percé, décoré par une petite boule en argent.

– Je ne le referai plus jamais, a promis Lena.

Sa mère s'est assise par terre à son tour. Ça se passe comme ça dans cette maison.

– Oui, oui. J'ai arraché le bout de papier à temps, avant que quelqu'un le voie.

J'ai compris qu'il fallait encore une fois que je vienne à leur rescousse.

– Vera Johansen vient nous en montrer un à cinq heures.

Cet après-midi-là, la mère de Lena a téléphoné dix-sept fois à Vera Johansen. Personne n'a décroché. À cinq heures moins le quart, on était tous les trois assis à la table de la cuisine. On attendait. L'aiguille de la minuterie sautillait, seconde après seconde, pour rejoindre le chiffre douze.

– Je ne vous crois pas, a dit la mère de Lena.

La sonnerie de la porte d'entrée a retenti.

Sur le perron se tenait une Vera Johansen avec un sourire jusqu'aux oreilles, un corsage rouge et une tête inclinée. On essayait de regarder à côté et derrière elle. Mais rien ni personne. Pas de papa en vue. Peut-être qu'il était au coin de la maison, en train de faire pipi.

– Bonjour, a dit la mère de Lena.

– Bonjour tout le mooonde ! Oh là là, j'imagine que vous êtes im-pa-tients de voir ce que je vous ai apporté ! a quasiment crié Vera.

La mère de Lena a esquissé un sourire. Ce n'était pas très concluant.

– En fait, on a changé d'avis, a bafouillé Lena.

Trop tard. Vera Johansen était déjà repartie à sa voiture. Les femmes comme elle, pas moyen de les arrêter.

Mais Lena non plus. Elle a bondi sur le perron,

s'est élancée vers Vera comme une fusée et s'est plantée devant elle.

– On n'en veut plus, tu comprends ? Il faut qu'ils fassent pipi *dedans*, pas *dehors* !

À peine venait-elle de prononcer cette phrase qu'on a entendu, sortant de la voiture, un tout petit jappement riquiqui. Puis la tête d'un chiot s'est matérialisée derrière la vitre de la portière.

– Un chien ? a marmonné Lena.

– Ben… oui, a fait Vera Johansen en fronçant les sourcils. Ce n'est pas un chien que tu voulais ?

Lena a ouvert et refermé la bouche plusieurs fois de suite.

– Non, je voulais un…

– Un chinchilla ! a crié la mère de Lena devant la porte.

Le chiot que Vera Johansen avait apporté était plus mignon qu'un chinchilla. Lena a voulu le garder mais là, a fait savoir sa mère, il y avait franchement des limites à ne pas dépasser.

Après, elle a bricolé sa moto pendant un très long moment. Une façon pour elle de calmer ses nerfs. On la regardait faire, Lena et moi, assis sur la machine à laver. De temps en temps, on lui tendait un outil. Sinon, le silence était total.

– C'est pas le tout de coller des petites annonces à tort et à travers, a-t-elle fini par dire. Est-ce que, une seconde, tu as pensé à comment ç'aurait pu se terminer, Lena ?

J'ai pensé à tous les vieux garçons qui font leurs commissions au Buda.

– Et puis d'abord, on n'a pas de place pour un papa ! a continué la mère de Lena, allongée sous sa moto.

Lena n'était pas du tout de cet avis. Elles n'avaient qu'à ranger le sous-sol.

– Il y a assez d'hommes dans cette maison. Sans oublier Trille, bien sûr, a-t-elle cru bon d'ajouter.

Une précision qui, selon Lena, était la phrase la plus crétine qu'elle ait entendue depuis des lustres.

– Trille n'est pas un homme !

– Je suis quoi alors ?

– T'es un voisin !

Tiens donc, j'ai pensé. Et j'aurais bien aimé qu'elle dise autre chose. Que j'étais un meilleur ami, par exemple.

Le clan des grands-parents

Tous les adultes de notre village, ou presque, chantent dans le chœur mixte. Un chœur mixte est un chœur mélangé, nous a expliqué papa, en faisant vraiment avancer le schmilblick. Un chœur mélangé est un chœur où tout le monde se mélange, a-t-il insisté : à la fois ceux qui savent chanter et ceux qui ne savent pas chanter. En bon chef de chœur, papa essaie de les faire chanter tous ensemble, et surtout de les faire chanter juste. Quand vient l'été, c'est l'époque des Rencontres chorales. Et les Rencontres chorales, a poursuivi papa, voient les différents chœurs mélangés se réunir. Tous ces chœurs mélangés se mélangent pour chanter en chœur. Les Rencontres chorales offrent des moments tellement rigolos que le chœur mélangé dans son entier, des semaines à l'avance, se réjouit à l'idée de se réunir, de se mélanger, et de chanter en chœur.

Nous aussi, les enfants, on se réjouit à l'idée des Rencontres chorales car alors la totalité des adultes, à l'exception de papy, sont partis pendant tout un week-end. Mais dès lors, maman déclare l'état d'urgence dans tout Knert-Mathilde. Un état d'urgence d'autant plus exceptionnel cette année que Minda et Magnus partaient pile au même moment en colo. Il ne restait plus que papy et nous, les petits, dans toute la baie. Et papy de ricaner dans sa barbe quand il l'a appris :

— Maintenant ça va dépoter !

— Lars… a gémi maman, je vais avoir une crise cardiaque !

Elle a même songé ne pas participer aux Rencontres chorales, angoissée comme elle l'était à l'idée des bêtises qu'on allait trouver à faire pendant son absence. Lena, en revanche, trouvait ça sensationnel : papy allait être sa baby-sitter à elle aussi.

— Heureusement que tu chantes comme une casserole ! a-t-elle dit à papy quand sa mère est venue chez nous la veille au soir pour décider du règlement intérieur qui entrerait en vigueur au cours du week-end.

Ç'a été une longue, une très longue soirée. Les parents nous ont fait leur sermon, à Lena, Krølla et moi : nous devrions être gentils et ne pas installer de téléphérique entre les deux maisons. Quand ils en ont eu terminé avec nous, c'est papy qui a eu droit à son laïus :

— Les enfants doivent porter un gilet de sauvetage s'ils vont en mer et leur casque s'ils font du vélo. Il y a du pain dans le congélo, et notre numéro de portable est sur le frigo…

Maman parlait à n'en plus finir. Papy hochait la tête à s'en démettre un nerf.

– … et, mon cher Lars, je te rappelle qu'aucun des enfants de Knert-Mathilde, que ce soient ceux de cette maison ou de celle d'à côté, n'a le droit de circuler dans la caisse que tu as sur ta mobylette.

À ces mots, papy s'est brusquement arrêté de hocher la tête, et je peux jurer que je l'ai vu croiser les doigts dans son dos.

À cinq heures le lendemain matin, le soleil est passé par la fenêtre et m'a chatouillé le nez. Ça sentait le poisson bouilli et le café jusque dans ma chambre. Une vraie odeur de papy ! J'ai regardé la mer, d'un bleu pétant, frisée par des petites vagues – puis j'ai bondi hors du lit. Assises sur le plan de travail, Krølla et Lena étaient déjà en train de manger des tartines de poisson nappées de mayonnaise. Puisqu'il ne mange que du poisson, papy. C'est pour ça que les chats se plaisent tant chez lui. Ils ont le même plat préféré, eux et lui. Quoi qu'il en soit, papy était en train de me préparer ma tranche de pain en y étalant une couche de beurre si épaisse que ça ressemblait déjà à du fromage à tartiner.

– Avale-moi ça, mon petit Trille. On va aller faire un tour en mob. C'est pas en restant cloîtré ici qu'on trouvera quelqu'un qui nous passera la bague au doigt !

La mobylette de papy est géniale. À tel point qu'il l'appelle la « mob tip-top ». Elle ressemble à un trois-roues, mais inversé : la grande caisse est à l'avant, pas à l'arrière. Papy y met ses marchandises. Sinon, au moment des Rencontres chorales, il nous y met nous, ses petits-enfants et la petite voisine. La première mission de la journée consistait à aller chercher en ville deux pots de peinture que papy avait commandés. Ils devaient arriver avec le ferry.

On a décidé qu'on allait faire comme si les pots de peinture étaient remplis de pièces d'or. Les agents seknerts devaient cacher les boîtes dans le royaume de Knert-Mathilde, car la dangereuse bande à Baltasar était à leurs trousses.

– Baltasar, le roi des Brigands, donnerait n'importe quoi pour mettre la main sur les sous ! j'ai dit, en plissant les yeux.

– En plus il mange des lapins vivants ! a chuchoté Lena, sur un ton rusé.

– Et du poisson ! a ajouté Krølla avec des yeux ronds comme des billes.

Lorsqu'on a entamé le trajet périlleux qui nous menait au quai du ferry, même maman ne se serait pas rendu compte que trois enfants, avec chacun son pistolet à eau, se trouvaient dissimulés dans la caisse de papy. On était couchés bien à plat sur le plateau, avec une couverture en laine sur nous.

La mob tip-top de papy n'est pas tout à fait tip-top sur un point : quand on circule dessus, on est ballotté en permanence. C'est bien simple, on a l'impression d'avoir la langue qui tremble. Les secousses me labouraient tellement le corps que j'en avais mal aux jambes. Lorsque la mob tip-top s'est enfin arrêtée, l'agent Lena a envoyé valser la couverture avec une force telle qu'un coup de vent a balayé le quai.

– Haut les mains ! a-t-elle hurlé en pointant le pistolet d'un geste redoutable vers la rampe d'accès du ferry.

En général, le quai n'est jamais noir de monde. Je le sais parce que papa y travaille, et on l'accompagne souvent pour faire une ou deux traversées. On comptait pourtant bien voir quatre à cinq voitures et Birger le Moussaillon.

Mais pas aujourd'hui. Car aujourd'hui il y avait des cousinades organisées dans une des fermes du village si bien qu'on s'est trouvés nez à nez avec une vingtaine de vieilles tantines qui nous regardaient, Lena et moi, terrorisées.

– Scrogneugneu ! a marmonné papy. Allez, mon petit Trille, fonce chercher les pots ! Vite, tu devrais déjà être revenu !

Horrifié, j'ai couru en slalomant entre les corsages à fleurs et suis arrivé sain et sauf devant Birger le Moussaillon.

– M-m-merci, j'ai bafouillé, avec une voix déplorable pour un agent seknert digne de ce nom.

Sur ce, je lui ai arraché des mains les deux pots de peinture. Au loin, j'entendais la voix de la mini-agente Krølla crier « Pan ! Pan ! Pan ! » à ces pauvres tantines.

– La bande à Baltasar est au grand complet ! a murmuré Lena, d'une humeur radieuse, quand j'ai enfin accompli ma mission.

– Qu'est-ce que tu me baragouines ? a grogné papy. C'est Marie de la Côte et Ola-Lovise. On a reçu la bénédiction du pasteur en même temps, elles et moi.

Il leur a adressé un bonjour bien élevé, d'un doigt porté à la tête. La mini-agente s'époumonait toujours avec ses « Pan ! Pan ! Pan ! ». Jusqu'à ce que Lena la tire par les pieds et que le corps de Krølla claque contre le plateau en retombant dedans. Papy a mis le moteur en marche, la mob tip-top a donné un à-coup et les secousses ont repris pire que jamais au moment où on s'échappait pour rejoindre le château fort de Knert-Mathilde. J'avais l'impression d'être assis sur un mixeur géant. Au bout d'un moment, Lena a jugé qu'on était suffisamment hors de danger pour pouvoir ôter la couverture.

J'ai plissé les yeux dans le soleil. Complètement couché sur le guidon, papy roulait à pleins gaz. Il se tournait à intervalles réguliers pour regarder derrière lui. En jetant un œil pour voir ce qui s'y passait de si important, j'ai remarqué qu'on était en fait lancés dans une course-poursuite. Une file de voitures nous collait aux fesses. Le problème, c'est que les routes du village sont étroites et que papy conduisait en plein milieu. Et même s'il allait aussi vite que ce que lui permet sa mobylette, n'empêche qu'on ne roulait pas non plus à une rapidité décoiffante. Derrière nous, les voitures qui avaient toutes débarqué du ferry klaxonnaient à qui mieux mieux. J'avais l'impression d'être au défilé de la Fête nationale, avec nous en tête de cortège. J'ai remarqué que papy gloussait sous son casque. Il crânait, papy, il jouait les durs devant ses anciennes copines de classe.

– Tenez-vous bien ! a-t-il brusquement hurlé. On va prendre un raccourci !

Il a donné un coup de guidon et il a tourné à

gauche pour emprunter le vieux chemin réservé aux tracteurs, celui qui traverse les champs et aboutit jusque chez nous. On était tellement bringuebalés que j'ai cru que mes os allaient se démantibuler.

– Yiha! a crié Lena quand, en entrant dans la cour, papy a freiné d'un coup sec et que les roues de la mob tip-top ont crissé sur le gravier qui est allé voltiger sur le côté.

On était donc rentrés, indemnes, et on a alors pu transformer la maison en château fort. Papy arpentait les lieux avec un rouleau à pâtisserie coincé dans son ceinturon. Il était le commandant en chef. Après avoir posé les pots de peinture dans le milieu du salon, on a construit des fortifications devant les portes de la maison pour que les brigands de la bande à Baltasar ne puissent pas entrer. Krølla, qui faisait le guet, hurlait en permanence « Voilà les voleurs ! » et pouffait jusqu'à hurler de rire en nous voyant faire semblant de donner des coups de pistolet par la fenêtre. Elle a ri de plus belle au moment où papy s'est servi du rouleau à pâtisserie en guise de bazooka.

– Je crois qu'y a rien de mieux que les Rencontres chorales, j'ai dit à Lena qui, elle, trouvait que ce serait encore mieux si quelqu'un essayait d'entrer pour de vrai dans la maison.

Et c'est à ce moment-là que papy a proposé d'inviter mamie bis à prendre le café.

– C'est la vieille reine des Brigands, murmurait Lena.

On était étendus sur la table, dans la chambre de Minda, silencieux et immobiles comme des plantes en pot. On regardait par la fenêtre. La tête de mamie bis se trouvait juste au-dessous de nous. Elle a appuyé sur la sonnette. Sans nous faire remarquer, Lena et moi avons sorti nos pistolets par la fenêtre.

– Tu peux toujours courir, jamais tu rentreras !

Lena avait pris sa grosse voix bourrue. Mamie bis a levé des yeux surpris vers nous.

– Ben alors, mon petit Trille chéri, tu ne veux pas laisser entrer ta mamie bis que tu aimes d'amour ?

D'abord, je lui ai expliqué qu'elle n'était plus ma mamie bis mais une reine des Brigands surpuissante. Désorientée, elle a posé son sac à main qui contenait une cachette secrète pleine de bonbons.

– Et papy ? a-t-elle voulu savoir.

Le bout du rouleau à pâtisserie est apparu à travers la petite fenêtre de la salle de bains, à côté de la porte d'entrée.

– Du balai, dame Baltasarina ! a crié papy.

Son cri s'est répercuté dans la cabine de douche qui en a tremblé de stupeur elle aussi. Mais mamie bis n'est pas restée surprise très longtemps. Elle a crié à son tour :

– Allez voir ailleurs si j'y suis !

Et, à ces mots, elle a disparu.

Un long moment s'est écoulé. On ne voyait mamie bis nulle part. Lena était d'avis qu'elle était rentrée chez elle, mais papy était persuadé qu'elle était en train de fomenter un sale coup et qu'il fallait rester sur nos gardes. D'autant plus qu'il ne circulait plus de bus pour la ramener.

Soudain, un parfum nous a chatouillé les narines et donné des sueurs froides. J'ai monté quatre à quatre les marches de l'escalier jusqu'à la fenêtre du téléphérique, avec Lena sur mes talons.

– Oh j'y crois pas, hé! Elle est en train de faire des gaufres! s'est écriée Lena.

Et c'est bien ce qu'elle faisait. Dans le jardin de Lena, mamie bis avait installé une table de camping où trônait un gaufrier. Une rallonge interminable passait par la fenêtre de la cuisine.

– La chameau! En plus elle est entrée dans ma maison sans demander la permission!

Lena n'en revenait pas. Des gaufres commençaient à s'amonceler sur la table. De temps à autre, mamie éventait le gaufrier avec un torchon si bien que l'odeur montait jusqu'à notre fenêtre. J'en avais la chair de poule. La vue de la pile de gaufres qui, lentement mais sûrement, se transformait en montagne nous a coupé le sifflet à tous les trois. Même papy s'est assis à la fenêtre, démoralisé. Et qui n'a pas tout d'un coup surgi dans le jardin? Krølla! Krølla dont on avait complètement oublié de s'occuper, trop accaparés par ce qu'on faisait. Mamie bis lui a fait un gros bisou avant de l'asseoir sur une chaise de camping et de lui donner une gaufre encore chaude, croquante à souhait, qu'elle a saupoudrée d'une tonne de sucre. J'ai failli en pleurer.

– On se rend, a proposé Lena.

– Jamais de la vie, nom de Dieu de bon Dieu! a rétorqué papy – et tant pis si mamie bis lui avait dit X fois de ne jamais prononcer « Nom de Dieu de bon Dieu » en notre présence. Trille, va chercher ta canne à pêche dans la cave !

Puis papy a téléphoné chez Lena. Quand mamie bis a entendu la sonnerie, elle a jeté un œil vers notre fenêtre.

– Je décroche ? a-t-elle demandé à Lena, qui a hoché énergiquement la tête.

Mamie bis a retiré la gaufre en train de cuire et s'est éclipsée à l'intérieur.

– Oui, allô ? C'est l'Association des opérés de la hanche à l'appareil, a fait papy avec une voix de crécelle. Nous nous demandions si vous n'auriez pas la gentillesse d'accepter de nous acheter des billets de tombola ?

Tout en parlant, il faisait des signes désespérés vers la fenêtre. Mamie bis ne voulait visiblement pas de billets de tombola, donc ça urgeait pour nous, il ne fallait pas perdre une seconde.

– Psst ! Krølla ! j'ai chuchoté, en lançant la ligne dans sa direction.

Krølla n'a pas compris tout de suite ce qu'on attendait d'elle. Normal, vu son âge. On a dû lui expliquer pendant tout un moment mais, au final, on a réussi à attraper deux gaufres avant que papy ne soit forcé de raccrocher et que mamie bis revienne dans le jardin. Lena en a englouti une sitôt qu'on les a fait passer par la fenêtre.

– Hééé ! j'ai presque crié. On partage, hein !

– C'est impossible de partager une gaufre en trois, Trille, m'a expliqué Lena la bouche pleine.

En conséquence de quoi, papy et moi avons dû

nous contenter d'une gaufre pour deux. Dans le jardin, Krølla en était à sa cinquième.

Au bout de dix minutes, papy a accroché une taie d'oreiller au bout d'un balai et a agité le drapeau blanc depuis la chambre à coucher. On abdiquait.

C'est bien de jouer à la guerre. Mais c'est encore mieux de faire la paix. C'est ce que je me suis dit quand, enfin, je mangeais des gaufres dans le jardin à côté de la plus gentille mamie bis du monde.

— Pourquoi est-ce qu'il est gringalet quand toi tu es si grosse alors que vous êtes frère et sœur ? a demandé Lena en pleine mastication d'un cœur de gaufre, tout en regardant papy et mamie bis.

— Depuis que je suis petit, elle m'a toujours volé ma nourriture, a répondu papy, qui a dû se réfugier sous la table car mamie bis essayait de lui donner des coups de torchon sur la figure.

— Je n'étais pas si grosse autrefois, ma petite Lena.

— Ah ouais ? T'étais grosse comment, alors ?

Et c'est comme ça que, ce soir-là, elle a déroulé le fil de l'histoire. Mamie bis avait été belle. Aussi belle qu'une actrice. Tous les hommes ou presque lui couraient après. Elle croulait tellement sous les demandes en mariage que papy a même eu la permission de faire le guet, couché sur le toit de la maison, et de les dégommer avec son lance-pierre dès qu'ils venaient la voir. D'ailleurs, se souvenait papy, personne n'était gros à cette époque. Car ils ne mangeaient que des patates et du poisson. Mais à Noël, ils avaient droit à une orange. Sauf pendant la guerre.

Juste avant qu'on aille se coucher, maman a téléphoné pour savoir comment ça se passait. Papy lui
a expliqué que les jeunes comme les vieux avaient
un comportement e-xem-plaire.

– On s'est raconté des histoires du bon vieux
temps et on a mangé des gaufres, a-t-il dit.

Lena et moi, on souriait.

– Tu peux me passer Krølla, s'il te plaît ? a alors
demandé maman.

Papy a toussoté avant de tendre de mauvaise grâce
l'appareil à Krølla.

– Ne dis surtout pas qu'on a fait de la mobylette,
j'ai murmuré à Krølla.

Elle a acquiescé, puis elle a pris le combiné en se
façonnant un air grave.

– Alors, qu'est-ce que tu as fait aujourd'hui, mon
ange ? avons-nous entendu maman lui demander.

Papy s'est mis à genoux devant la plus jeune de
ses petits-enfants, qu'il a implorée, les mains jointes.
Krølla le dévisageait sans comprendre.

– J'ai pas fait de mobylette ! s'est écriée Krølla en
détachant chaque mot.

Papy a relâché ses mains et a poussé un soupir
de soulagement. Maman visiblement aussi, là où
elle était aux Rencontres chorales.

– C'est bien ! Et qu'est-ce que tu as fait d'autre,
mon ange ?

– Je suis juste montée dessus.

Isak

C'est l'anniversaire de Lena une fois par an seulement, comme tout le monde, même si avec elle on peut avoir l'impression du contraire. Puisqu'elle parle en permanence de son anniversaire. Et le jour tant attendu allait arriver – enfin.

– Tu te rends compte ? Avoir neuf ans un 9 juillet ! a-t-elle dit, contente d'elle.

Sa mère, qui était rentrée des Rencontres chorales, était en train d'essuyer des fruits dont elle avait l'intention de se servir pour faire de l'art. Lena et moi, on mangeait.

– Oui, en effet. Et qu'est-ce que tu voudrais avoir comme cadeau d'anniversaire ? a-t-elle demandé.

– Un papa, a répondu Lena.

Sa mère a soupiré, puis elle lui a demandé si elle le voulait enveloppé dans du papier cadeau ou si mentionné dans une carte de vœux suffirait.

– Et tu veux autre chose, ma chérie ?

Non, Lena ne voulait rien d'autre. Mais, quand on est sortis sur le perron, elle s'est immobilisée une seconde. Elle s'est retournée sur la porte, a jeté un coup d'œil, puis elle a crié :

— Un vélo !

Lena avait invité la classe entière pour sa fête d'anniversaire. Tous les garçons, plus moi. Quelques heures avant la fête, je suis allé la voir histoire de vérifier qu'elles avaient fait assez de gâteaux pour tout le monde. C'est la mère de Lena qui m'a ouvert.

— Ah, tu tombes bien, Trille. Peut-être que toi tu vas arriver à la consoler.

Étonné, je suis entré.

Lena était étendue sur le canapé. Elle n'avait pas l'air dans son assiette.

— T'es malade ? j'ai demandé, paniqué.

— Malade ? Naaan ! J'ai juste plein de boutons sur le ventre ! m'a-t-elle hurlé dessus comme si c'était ma faute. Et personne ne veut venir à ma fête d'anniversaire de peur d'être contaminé. Vu qu'on est en plein milieu des vacances…

La cata !

— Oh, Lena… Je suis tellement triste pour toi.

Plus tard, ma mère est venue elle aussi, mais pour s'assurer que je ne les dérangeais pas dans la décoration du gâteau.

— Oh, ma pauvre Lena, tu es malade ? a-t-elle demandé à son tour en s'asseyant sur le bord du canapé.

Maman en connaît un rayon question maladies. Étant donné la marmaille qu'elle élève.

– Tu crois que c'est quoi, Kari ? interrogeait la mère de Lena qui en profitait pour apporter du thé.

Maman croyait que c'était la varicelle. Je l'ai eue à l'âge de trois ans, leur a-t-elle raconté. Et il n'est pas possible de l'avoir une seconde fois. Donc je pouvais parfaitement assister à la fête d'anniversaire. Si tant est que Lena en ait l'envie et le courage.

Tout cela, Lena l'avait, confirmait-elle. Aussi, à six heures tapantes, je me suis présenté chez Lena et sa mère, avec mon cadeau à la main et mon short du dimanche sur les fesses. Le cadeau, c'était un jeu de croquet. Les maillets de croquet peuvent servir à tellement de choses, trouvait Lena.

La fête d'anniversaire a été réussie. La mère de Lena lui avait confectionné un lit dans le salon d'où Lena commandait comme une impératrice. Tout en regardant un DVD, on a mangé du gâteau, qu'on avait rien que pour nous deux. À un moment seulement, Lena a piqué une colère à propos de ses satanés boutons de varicelle. Elle était tellement furieuse qu'elle en a jeté une petite brioche à la cannelle contre le mur.

– Tu as besoin de t'énerver comme ça ? a fait remarquer sa mère en soupirant.

Au cours de la soirée, Lena était encore plus mal. Je me suis alors dit qu'il valait mieux rentrer à la maison. Mais ça, pas question, a-t-elle rouspété. Enfin quoi, disait-elle, ça s'est jamais vu, ça, que le seul invité mette les voiles à sept heures et demie alors que la fête d'anniversaire durait jusqu'à neuf heures ! J'ai donc repris un bout de gâteau tandis que Lena s'endormait dans son lit.

— J'ai téléphoné au médecin de garde, m'a chuchoté la mère de Lena. Il est de ce côté-ci du fjord en ce moment, il va donc passer la voir.

Peu de temps après, on a frappé à la porte. J'ai tendu le cou pour regarder dans le couloir. C'était le docteur. Et il faisait très jeune pour un docteur. Mais il avait l'air hyper gentil. Les adultes sont restés un long moment dans le couloir à lui faire des salamalecs et des sourires et, quand il a voulu pénétrer dans le salon, il s'est retourné pour adresser un grand sourire à la mère de Lena, sauf qu'il n'a pas vu le seuil, qu'il s'est pris les pieds dedans et qu'il a failli faire son entrée en tombant la tête la première.

— C'est toi qui as la varicelle ? m'a-t-il demandé après avoir retrouvé l'équilibre.

— Non, moi je l'ai déjà eue, j'ai dit fièrement, en désignant Lena étendue dans le lit.

Si je n'avais pas dit ça, je crois presque qu'il se serait assis sur elle. J'imaginais d'ici le beuglement que Lena aurait poussé, on aurait entendu parler du pays ! Au lieu de quoi il s'est installé à côté d'elle et a posé une main délicate sur son épaule. Lena a d'abord ouvert un œil, puis les deux, puis elle les a écarquillés. Elle regardait le docteur comme s'il venait de dégringoler du premier étage. Elle s'est frotté les paupières, l'a dévisagé encore plus. Puis elle a pris son élan et, bras levés, a hurlé de joie :

— Un papa !

Le morceau de gâteau que j'avais sur la cuillère a fait la culbute dans l'assiette.

— Mais… maman… J'ai déjà eu un vélo pourtant !

Lena était aux anges, elle riait, malgré les boutons de varicelle, la fièvre et le reste.

– Je… je suis… m-médecin… balbutiait ce pauvre docteur.

– Maman ! En plus il est docteur ! C'est pas pratique, ça ?

La mère de Lena a déboulé de la cuisine au pas de course.

– Lena, ma chérie, le monsieur est un médecin, c'est tout.

Et à l'entendre lui expliquer ça, j'ai senti un rire gigantesque monter en moi. Un rire irrépressible que je ne savais tellement pas où cacher que je l'ai laissé exploser – et tant pis s'il pouvait mettre Lena dans une colère noire. Or elle était si épuisée par la fièvre et les boutons de varicelle qu'elle ne s'est pas mise en colère. Elle s'est contentée de relever la couette au-dessus de sa tête et de se recroqueviller dans son lit comme un sac.

Quand le docteur a fini d'ausculter Lena, il restait encore une heure en attendant le passage du prochain ferry. Lena l'a donc invité à sa fête d'anniversaire. Il s'appelait Isak, et il nous a raconté que c'était son premier poste en tant que médecin et qu'il était anxieux à l'idée de se tromper sur le diagnostic des maladies.

– Mais c'est bien la varicelle que j'ai ? s'est inquiétée Lena.

Oui, là-dessus, Isak n'avait aucun doute. Lena avait bel et bien la varicelle.

Alors qu'il s'apprêtait à partir, il a repéré la moto dans la buanderie. On a du même coup appris que lui aussi avait une moto, et les adultes ont continué de parler moto pendant tellement longtemps qu'Isak a failli rater son ferry.

– Ça c'est une fête d'anniversaire comme je les aime ! a dit Lena, satisfaite, après le départ d'Isak.

Sa mère a eu un hochement de tête affirmatif, mais aussi un sourire bizarre.

C'est l'été, *Joyeux Noël* !

Lena s'est remise rapidement de sa varicelle. Et quand elle s'est relevée, elle avait décidé de devenir goal. Elle avait regardé un match de foot à la télé pendant qu'elle était malade.

– C'est le goal qui décide, Trille. Il crie aux autres où ils doivent courir.

Je me suis dit qu'être goal allait comme un gant à Lena. Elle est la seule fille de notre équipe de foot et elle se fâche tout rouge pour un rien. Les autres garçons de l'équipe aiment bien l'asticoter pour la voir piquer une colère, et Lena trouve qu'elle joue dans une équipe d'imbéciles heureux.

L'été, bien qu'il n'y ait pas d'entraînement ni de matchs, on joue beaucoup, Lena et moi, surtout dans les champs lorsqu'ils viennent juste d'être fauchés. Le problème, c'est que le ballon avait encore disparu. Je ne le trouvais nulle part. J'ai fini par demander à maman si je pouvais en avoir un nouveau.

– Écoute, Trille, tu exagères. Ça fait le deuxième ballon que tu égares en deux ans.

— Mais il me faut un ballon, maman !

— Dans ce cas tu l'achèteras avec tes petits sous, mon biquet.

Il n'y a bien que les grandes personnes pour dire des âneries pareilles, sans une seule seconde penser que ce n'est pas aussi facile qu'ils le croient pour ceux qui sont sans le sou justement.

Allongé dans le hamac, Magnus jouait à un jeu sur son téléphone portable. Magnus, il a toujours de l'argent, lui. Tous les jours, pendant l'été, il va faire un tour en ville avec un de ses copains pour jouer de la guitare. Ils s'installent dans la rue piétonne et les gens leur jettent des pièces dans un chapeau qu'ils ont posé entre leurs jambes. En observant Magnus, j'ai su ce que j'allais faire. Moi aussi j'allais faire un tour en ville. Mais Lena devait m'accompagner.

— Tu veux dire qu'on doit se planter en plein milieu de la rue piétonne et chanter pour que tout le monde nous entende ? m'a-t-elle demandé quand je suis allé lui confier mon plan.

Elle s'était confectionné son petit déjeuner spécial Lena, tout sauf sain, le genre de plat qu'on se prépare quand on est seul chez soi.

— Faut jouer d'un instrument, a-t-elle dit entre deux bouchées. Sinon personne ne nous jettera de pièces.

— Mais on ne sait jouer que de la flûte à bec !

— Qu'est-ce que t'as contre la flûte à bec ? C'est très bien la flûte à bec.

Va pour la flûte à bec, alors.

Mais d'abord, il fallait qu'on s'entraîne. On n'en avait pas joué depuis tellement longtemps qu'on avait presque oublié l'existence de nos flûtes à bec. On s'est mis dans la cuisine mais, très vite, maman nous a dit qu'elle devait écouter une émission de la plus haute importance à la radio ; elle nous a donc demandé d'aller répéter ailleurs. Dans le salon, on n'a pas pu jouer plus d'un accord chacun puisque papa nous a indiqué que sa tête ne supportait pas des bruits aussi stridents le jeudi. On est donc descendus chez papy, mais son sonotone s'est mis à siffler si bien que de là aussi on a été obligés de partir. On a fini par trouver refuge dans la grange, où on s'est assis sur le vieux tracteur.

On avait beau répéter, re-répéter, re-re-répéter, il n'y avait qu'un morceau qu'on arrivait à jouer tous les deux en même temps : *Joyeux Noël*. On l'avait interprété à l'école, lors du dernier concert de Noël.

– Ah là là… J'en ai la chair de poule ! disait Lena, qui trouvait qu'on jouait divinement bien.

Le lendemain matin, il faisait un grand soleil, la température était à vingt-cinq, et la mer ressemblait à un drap bleu clair. Le bateau de papy brillait au loin comme un point minuscule. Lena et moi avons couru jusqu'au quai du ferry, qu'on a attendu pendant dix longues minutes. On a caché nos flûtes à bec sous notre T-shirt au moment de monter à bord, ce qui n'a pas empêché papa de les repérer. Il a tambouriné sur sa sacoche à billets en nous regardant d'un air bougon.

— Je vous avertis, je ne veux pas entendre une seule note sur le ferry. Ça risquerait de déconcentrer le capitaine qui à son tour risquerait alors d'emboutir le quai.

On a promis. Papa n'a pas posé d'autres questions.

J'adore notre ferry. Il y a une machine avec un jeu vidéo : Minda sait comment on y gagne et Lena sait comment on y perd. Il y a un escalier avec une rambarde sur laquelle on peut glisser. Il y a un bar avec des grosses crêpes épaisses au beurre et au sucre. C'est Margot qui les fabrique. Margot est vieille et, si on le lui demande suffisamment longtemps, elle accepte de faire des grimaces qui la font ressembler à un crapaud. Margot c'est notre copine, à Lena et à moi, et c'est surtout auprès d'elle qu'on passe la traversée quand papa est en train de travailler. Mais il nous arrive aussi de monter sur le pont supérieur pour cracher dans la mer. Avec un peu de chance, pour peu qu'ils soient d'humeur, on a même le droit d'entrer dans la cabine de pilotage. Ce jour-là, on a foncé voir Margot.

— Tieeens ! Mais qui voilà ? C'est notre petit Trille et notre petite Lena ! Je suis bien contente que vous soyez là ! C'est que je ne vous avais pas encore vus de tout l'été.

— Mais tu as sûrement entendu parler de nous ? a demandé Lena.

En effet. Margot avait entendu parler de petites choses diverses et variées. Notamment de la barque et du fumier, nous a-t-elle expliqué.

– Il ne faut pas croire tout ce qui se raconte, lui a alors dit Lena.

Papa ne voulait pas qu'on aille tout seuls en ville. Mais à force de le tarabuster, il a fini par céder. On a argumenté : Magnus s'y trouvait déjà, on savait où il jouait, même qu'on le voyait depuis le quai ! Si on promettait de ne pas quitter Magnus d'une semelle, alors c'était d'accord, on pouvait faire un petit tour en ville. Mais à la condition de revenir au quai directement. On a promis-juré-craché, puis on s'est élancés à toutes jambes dans la rue piétonne rejoindre Magnus. Son copain Hassan et lui étaient au beau milieu d'une chanson quand ils nous ont aperçus.

– Qu'est-ce que vous foutez là ?

Magnus n'avait pas l'air très content de nous voir.

– On vient gagner des sous pour se payer un nouveau ballon de foot, j'ai expliqué en lui montrant ma flûte à bec.

Magnus et Hassan se sont regardés, puis ils se sont mis à ricaner. J'ai senti la colère de Lena monter comme si c'était moi qui l'éprouvais.

– Je te ferais dire que c'est bien ce qu'on compte faire ! lui a-t-elle gueulé. Manque de pot pour toi, il faut qu'on se mette ici, à côté de toi. Et si t'es pas content tu t'adresses à ton père, puisque c'est lui qui l'a exigé.

Avant que quiconque ait eu le temps de faire quoi que ce soit, Lena m'a fait signe de monter avec elle sur un petit banc à côté, m'a enlevé la casquette que j'avais sur la tête et l'a jetée devant nous.

— Allez Trille, go!

J'avais oublié le nombre de gens qui déambulent dans une rue piétonne. En y regardant de plus près, j'ai cru que j'allais défaillir.

— Lena, je suis pas sûr de vouloir le faire, j'ai chuchoté, sans même ouvrir la bouche.

— Tu veux un ballon de foot ou pas?

— Oui, mais…

— Mais alors joue, purée de punaise!

J'avais les genoux qui tremblaient. Ma meilleure amie a compté jusqu'à trois. Et donc, debout sur un banc, en plein milieu de la rue piétonne, on a interprété *Joyeux Noël* au point que Lena en avait la chair de poule puisque selon elle on jouait divinement bien. Personne n'a applaudi quand on a eu fini. Les gens passaient sans nous voir.

— On recommence, a ordonné Lena, sans pitié.

Et donc on a recommencé. Les gens donnaient l'impression de crever de chaud ou d'être très pressés. Mais soudain une dame a pris la main de son mari et a dit:

— Oooh! Regarde, Rolf. Ils sont pas mignons?

Elle faisait allusion à Lena et moi. On a interprété le morceau pour la troisième fois et la dame et son mari qui s'appelait Rolf ont déposé une pièce de vingt couronnes dans ma casquette. Après, ce sont dix-sept personnes qui se sont arrêtées pour entendre notre chant de Noël. Là, j'ai bien cru encore que j'allais tomber dans les pommes, mais j'ai fermé les paupières, pensé au ballon de foot, et je me suis laissé aller. Tout le monde applaudissait, riait et criait: « Une autre! Une autre! » Il y avait tout un attroupement autour du banc. Lena et moi étions presque en train de devenir des pop stars. Une dame a même pris une photo en nous demandant comment on s'appelait. Lena faisait une profonde révérence chaque fois qu'on avait fini de jouer *Joyeux Noël*. Moi, je m'inclinais devant les gens à gauche ou à droite, comme j'avais vu papa faire lorsqu'il dirige le chœur mixte.

— Bon, là on devrait en avoir assez, non ?

J'avais les mains en sueur. Jetant un œil dans la casquette, Lena a fait signe que oui. On a remercié les spectateurs et on est descendus du banc. La casquette était pleine de pièces. On a adressé un grand sourire à Magnus et Hassan, puis on a couru au magasin de sport à côté de la mairie. Papa était totalement sorti de nos têtes.

— Il manque quarante-deux couronnes, nous a dit l'homme derrière le comptoir après avoir compté les sous qu'on avait amassés.

Il avait les cheveux qui rebiquaient dans tous les sens, un air pas commode et la lèvre supérieure toute grosse, qui rebiquait elle aussi. J'ai vu Lena se pencher pour découvrir ce qui pouvait bien se cacher dessous. C'était le type même du bonhomme mal embouché.

— Oh ! a fait Lena. Quarante-deux couronnes… Un coup de flûte et c'est dans la poche !

On s'est installés sur le perron du magasin. Il n'y avait pas autant de monde que dans la rue piétonne, mais on a joué quand même. Et ç'a été reparti pour *Joyeux Noël* en boucle. Notre dernière prestation a duré dix-neuf secondes, montre en main. Là, le bonhomme mal embouché est sorti.

– C'est fini ce potin, oui ? Vous effrayez les clients !

– Nan, a répondu Lena, on n'a pas encore fini vu qu'il nous manque…

– Vingt-six couronnes cinquante, j'ai répondu.

Le vendeur a levé les yeux au ciel. Là-dessus, il a mis son doigt sous sa lèvre, en a retiré la chique, puisque c'était ce qu'il y cachait, et il l'a balancée devant nous. Elle a atterri à nos pieds. Il a ensuite claqué la porte.

– Celui-là, il mériterait d'aller faire un tour dans le bureau du directeur de l'école ! a dit Lena d'un ton sévère.

Ni une ni deux, on s'est remis à jouer. On n'était pas arrivés à la moitié du morceau que la porte du magasin s'est rouverte et que le bonhomme mal embouché a crié :

– Arrêtez votre bordel, vous me les broutez ! Vous allez l'avoir, votre ballon. Sales gosses, va !

Une fois sortis du magasin avec notre ballon de foot flambant neuf, je me suis brusquement souvenu de papa.

– Oh naaan ! j'ai gémi.

On a couru comme des dingues jusqu'au port. Le ferry avait déjà fait trois traversées et papa était à peu de chose près aussi furieux que ce que j'avais imaginé. Et quand il est furieux, papa, il devient pour ainsi dire tout rouge et très grand.

– On ne recommencera plus jamais ! j'ai promis, essoufflé.

– Je t'en foutrais des « plus jamais », moi ! Ah oui, ça c'est sûr, vous ne recommencez jamais deux fois la même chose. Vous inventez chaque fois des nouvelles bêtises.

Lena l'a regardé, la bouche en cœur, et lui a pris la main.

– Hé, t'as vu notre ballon ? C'est un truc de pro, je te signale…

J'ai remarqué que papa était assez fier de nous. Pas de doute, c'était un bon ballon, trouvait-il. Et il a voulu tout de suite l'essayer. Seulement voilà, dribbler en sabots et avec la sacoche à billets est une autre paire de manches. Tout à coup, le sabot et le ballon ont fait un vol plané – très joli, en décrivant une belle courbe. Direction : par-dessus bord, dans l'eau.

Je me suis cogné le front du plat de la main. On venait de jouer *Joyeux Noël* à en crever et papa ne trouvait rien de mieux que de l'envoyer valser dans la mer avant même qu'on ait eu le temps de l'essayer !

– Alors là mon coco, tu plonges fissa dans la mer et tu vas nous chercher notre ballon ! lui a ordonné Lena.

Mais papa n'avait aucune intention de plonger dans aucune mer qui soit. Il s'est empressé d'emprunter l'épuisette d'un Allemand en train de pêcher sur le quai et il a réussi à rapporter notre ballon sur le plancher des vaches. Quant au sabot, il avait rejoint à jamais les fonds marins.

Lorsque papa a contrôlé tous les voyageurs, il est descendu nous voir, Margot, Lena et moi.

– Bon. On ne dit rien à maman comme quoi Lena et toi, vous avez fait un tour en ville aujourd'hui sans surveillance. OK, Trille ?

Je lui en ai fait la promesse.

Sauf que ma promesse n'a pas servi à grand-chose. Le lendemain, il y avait une grande photo de Lena et moi dans le journal. La dame qui nous avait photographiés quand on jouait sur le banc était journaliste.

– T'es un petit malin dans ton genre, mon petit Trille d'amour, m'a dit maman en plissant les yeux vers moi par-dessus son journal.

Je lui ai promis de lui jouer *Joyeux Noël* à la flûte à bec. Un jour, quand j'aurai le temps.

Le jour où j'ai fragmenté Lena

Il se passe toujours plein de choses loufoques quand on a une voisine et une meilleure amie telle que Lena. Mais, de temps à autre, je me dis que ce que je préfère par-dessus tout, ce sont les jours ordinaires. Les jours où il ne se passe rien de particulier, où je mange une tartine de pâté de foie, où Lena et moi on joue au foot, on cherche des crabes, on ne parle de rien d'exceptionnel, bref, ces jours où tout ne part pas en eau de boudin.

– Tu es en train de me dire que les jours ordinaires sont mieux que les jours extraordinaires, comme Noël par exemple, c'est ça ? m'a demandé Lena alors que j'essayais de lui expliquer le fond de ma pensée.

– Non… Mais ça ne peut pas être Noël tous les jours non plus. Sinon on s'ennuierait à Noël.

Lena m'a assuré que même si Noël tombait tous les mois, elle ne s'ennuierait pas une seconde. Du coup on a clos le sujet et on est plutôt allés jouer au foot. Pendant que j'envoyais patate sur patate dans les buts de Lena et qu'en plus il faisait un grand soleil, je me suis dit qu'aujourd'hui était un jour ordinaire et magnifique.

– On devrait tous avoir un papa pour pouvoir jouer au foot avec lui. Un papa qui tirerait des vrais boulets de canon, a précisé Lena après avoir arrêté un de mes meilleurs tirs.

J'ai poussé un profond soupir.

Alors qu'on s'accordait une petite pause sur la pelouse, Minda, qui était en train de repeindre le balcon, est venue s'asseoir avec nous. Lena et moi étions tout sourires. Car Minda, elle est presque aussi fortiche que mamie bis pour raconter des histoires et rendre l'ambiance agréable. Elle s'est allongée sur le ventre et elle nous a raconté pourquoi notre baie s'appelait Knert-Mathilde.

– C'est parce que… parce que, un jour, des pirates portugais voguaient dans le fjord. Et figurez-vous qu'une sublimissime figure de proue avait été montée sur leur navire, qui représentait une jeune et belle vierge… Mathilde.

– Une figure de proue ? j'ai répété.

Minda nous a alors expliqué qu'une figure de proue est une espèce de grande poupée en bois, vêtue d'une robe magnifique, avec des cheveux qui volent au vent, et qu'on installait autrefois à l'avant des bateaux.

– Mais voilà-t'y pas qu'un ouragan s'est levé. Un ouragan comme on n'en fait plus, mauvais comme la gale, mortel et tout ! Le navire était ballotté, bringuebalé d'un côté sur l'autre, bref, impossible de le diriger. Arriva ce qui devait arriver : le rafiot a fait naufrage dans notre baie. La belle Mathilde s'est échouée sur les galets. Elle s'est brisée en mille morceaux. Et tous ces éclats de bois, ces fragments si vous préférez, ils ont été propulsés jusqu'à l'endroit où on éteint le feu de la Saint-Jean avec l'épandeur à fumier.

– Oooh! on s'est exclamés, Lena et moi, quasi en chœur.

– Les pirates ne sont jamais rentrés chez eux. Chacun s'est trouvé une femme et ils se sont installés ici. Après, ils ont appelé notre baie Knert-Mathilde parce que *knerte*, en fait, ça signifie « fragmenter » en vieux norvégien. En souvenir de Mathilde qui s'était fragmentée sur le rivage. Voilà.

Minda s'est penchée vers nous pour chuchoter :

– L'un d'eux était l'arrière-arrière-arrière-arrière-grand-père de papy. Ça montre que papy a du sang de pirate dans les veines!

J'en suis resté sans voix pendant assez longtemps car je pensais à un détail en particulier qui me procurait une sensation phénoménale.

– Mais, Minda… j'ai fini par dire. Dans ce cas ça signifie que moi aussi j'ai du sang de pirate dans les veines?

– Vous avez tous du sang de pirate dans les veines. Toute la famille sauf moi puisque je suis une princesse indienne adoptée.

À ces mots, elle a éclaté de rire et elle est retournée au ripolinage du balcon, en parcourant tout le trajet sur les mains.

Lena a pris le ballon de foot et l'a lancé en l'air à plusieurs reprises pendant que je sentais la transformation s'opérer en moi : j'étais presque un autre garçon qu'il y a encore cinq minutes. J'avais du sang de pirate en moi !

– Peut-être que c'est à cause de ça que je fais tellement de bêtises… J'y peux rien, c'est tout. Parce que je suis rempli de sang de pirate.

– Pfff ! a fait Lena d'un air revêche. Il en reste tellement peu que les derniers millilitres s'écoulent dès que tu saignes du nez !

N'empêche, Lena aurait bien aimé avoir du sang de pirate elle aussi. J'en aurais mis ma main à couper.

J'ai balayé la mer du regard. J'y apercevais papy, sur son bateau. Pas étonnant qu'il y soit, vu qu'il était un pirate.

– Lena, et si on allait faire un tour dans le bateau en plastique ?

Je sentais que le sang de pirate qui coulait dans mes veines voulait lui aussi prendre la mer. Lena m'a regardé avec une expression démoralisée mais a quand même retiré ses gants de gardien de but.

– OK… Comme ça, ça me fera une occasion d'être l'autre là, cette Mathilde, qui a été fragmentée.

Quand, un peu plus tard, Lena est montée dans mon canoë en plastique jaune pissenlit, elle portait la robe longue rouge de sa mère sous le gilet de sauvetage et arborait une mine majestueuse. Je doutais qu'elle ait eu l'autorisation de partir en mer avec une robe pareille, mais je me suis bien gardé de faire un commentaire.

On a contourné la jetée. En bon pirate que j'étais désormais, je me sentais content comme tout en général, et content de moi en particulier. Mais Lena, elle, qui était suspendue à l'avant du bateau, a très vite trouvé que jouer les figures de proue était chiant comme la pluie.

– Bon, a-t-elle ordonné. On dirait que maintenant l'ouragan mortel se lève.

Je me suis mis à ramer d'avant en arrière, histoire de faire un peu de vagues et que les cheveux de Lena trempent dans l'eau. Elle était aussi muette qu'une commode. Mais elle n'a pas tardé à s'exclamer, bouillant d'impatience :

– Tu comptes me faire poireauter jusqu'à la saint-glinglin avant que je sois fragmentée ?

J'ai haussé les épaules. Prudemment, j'ai ramé en direction de la jetée. Le canoë gonflable glissait à la surface de l'eau avec une grande lenteur. Mais au même moment, papy nous a rejoints dans son bateau qui renvoyait des vagues si grosses que l'une d'elles a fouetté notre bateau et qu'on s'est retrouvés propulsés contre le ciment avec fracas.

Bon, d'accord, les canoës en plastique ne font pas de bruit, donc pas de fracas. Mais les têtes de figures de proue, elles, en revanche, se fracassent. Et comment !

– Lena ! j'ai hurlé, en la voyant inanimée à l'avant. Papyyy, Lena est morte !

Papy a accouru et a extrait Lena du bateau.

– Hé, notre petite voisine ! On se réveille, là !

Il s'est mis à la secouer délicatement.

Toujours assis avec les rames à la main, j'étais désemparé. J'ai éclaté en sanglots.

– Oh… a alors gémi Lena.

Elle a ouvert les yeux, a dévisagé papy comme si elle ne le reconnaissait pas. Puis elle a poussé un second gémissement.

– Allez, tout va bien. On va t'emmener chez le docteur. Et toi, Trille, arrête de pleurer, Lena est hors de danger.

Lena s'est à moitié redressée.

– Non, continue de pleurer, Trille. Tu rames trop comme un marin d'eau douce !

Je n'ai jamais été aussi content que quelqu'un me dise une méchanceté. Lena n'était pas morte, elle était seulement à moitié fragmentée.

Mais quand elle a compris qu'elle saignait au front, elle a poussé un hurlement de colère à vous percer les tympans. Une visite chez le médecin s'imposait bel et bien. Là, je me suis dit que les jours ordinaires n'existent définitivement pas quand on a une voisine et une meilleure amie telle que Lena.

La fin des vacances

Papy a l'habitude de se lever avant que les oiseaux aient eu le temps de chier sur la terre. Du moins c'est ce qu'il dit. Parfois, moi aussi j'y arrive, à me lever aux aurores. Et quand c'est comme ça, je cours alors comme un fou vers la mer. La plupart du temps, papy est déjà parti et n'est plus qu'un point minuscule, au loin, à l'horizon. Je ne connais rien de plus triste : me retrouver sur la jetée, tout seul, avec les mouettes pour seule compagnie, tôt le matin – mais sans que ce soit assez tôt. Mais certaines fois, j'arrive à temps.

– Tieeens… mais c'est notre petit Trille ! se réjouit alors papy.

C'est ça qui est merveilleux avec papy. Je sais qu'il m'aime autant que je l'aime. Avec Lena, c'est tellement dur de savoir ce genre de chose.

Ce jour-là, je suis arrivé à temps. Et, avant même qu'il ne soit six heures du matin, on était déjà loin en mer, papy et moi. On a tiré les filets, sans presque échanger une parole. Je sentais que ça me faisait du bien de l'avoir pour moi tout seul, mon papy.

Après l'avoir regardé travailler pendant tout un long moment, je lui ai dit :

– Minda, elle dit qu'on est un peu des pirates.

Papy s'est redressé, et je lui ai raconté toute l'histoire à propos de Knert-Mathilde. Quand j'ai eu terminé, il a éclaté de rire.

– Pourquoi, c'est pas vrai ? j'ai demandé, en commençant à avoir des soupçons.

– Elle ment tellement comme elle respire, notre petite Minda, que ce n'est que du bonheur pour les oreilles. Elle nous donne une belle leçon.

– Mamie bis, elle dit que c'est pas beau de mentir.

– C'est pour ça, alors, que Lena et toi vous étiez à la jetée, hier ?

Hochant la tête, je me suis du même coup souvenu que Lena était rentrée la veille au soir avec un bandage autour du front. C'est Isak qui l'avait recousue. Le point positif, c'était que Lena en avait été très satisfaite. Le point négatif, c'était qu'elle avait eu une petite commotion cérébrale et devait rester au calme pendant toute une semaine.

– Au secours ! s'était exclamée maman en l'apprenant.

La dernière fois que Lena avait eu une commotion cérébrale, tout le monde à Knert-Mathilde avait failli devenir dingue. Lena n'est pas particulièrement douée pour rester au calme.

À l'heure qu'il était, elle était campée à l'extrémité de la jetée, pareille à une petite et frêle statue, attendant qu'on accoste.

– Oh… Vous et votre pêche… Ras le pompon de la pêche ! a-t-elle ronchonné au moment où le bateau de papy a heurté la jetée.

Elle était tellement grincheuse avec sa commotion cérébrale et le reste que le ciel s'est d'un seul coup obscurci.

Pauvre Lena. J'avais envie de lui dire quelque chose qui lui rende sa gaieté. Je lui ai alors raconté que, finalement, je n'étais pas un pirate. Minda nous avait raconté des salades à propos de Knert-Mathilde.

– Quoi ? J'ai été fragmentée pour des prunes ? a hurlé Lena en tapant du pied si fort qu'il y a eu une pluie de cailloux.

Je n'ai pas tardé à comprendre que ce n'était pas sa commotion cérébrale qui mettait Lena dans cette colère. Elle venait de recevoir du courrier.

– Regarde-moi cette horreur ! a-t-elle pesté en enfonçant une brochure dans le ventre de papy. On est là, tranquille, on va chercher le courrier, on croit qu'on va recevoir une carte postale ou un petit mot vu qu'on est grièvement malade et gravement blessée, et qu'est-ce qu'on trouve à la place, hein ? Je te le donne en mille ? Une pub pour les sacs d'école !

J'ai jeté un œil au dépliant. *Rentrée des classes.* Voilà ce qui figurait dessus. Et ça adressé à Lena, qui aime tellement les grandes vacances. L'école, elle n'aimait pas tellement – pour ne pas dire pas du tout.

– Puisque c'est comme ça, je vais entrer en hibernation, bougonnait-elle. Et je dormirai jusqu'à l'été prochain.

Lena me faisait vraiment de la peine. Personne n'a plus rien dit quand on a remonté la côte jusqu'à la maison avec le baquet à poissons entre nous.

– T'as vraiment du bol, toi, de ne pas avoir à aller à l'école, a marmonné Lena à papy quand on est arrivés sous le balcon de la maison.

Papy a retiré ses sabots et a ouvert sa porte. Oui, il avait un bol de cochon, trouvait-il lui-même. Et, s'il n'y avait que ça, il aurait bien aimé nous faire des gaufres pour nous mettre de bonne humeur.

– Mais pas de bol là non plus, ce sera poisson et patates nouvelles à la place !

– Puisque, hélas pour nous, tu sais pas faire les gaufres, a râlé Lena, toujours sous l'effet de sa commotion cérébrale.

– En fait, nous a raconté papy après avoir préparé le repas, notre baie ne s'appelle pas Knert-Mathilde. On la surnomme comme ça parce que, il y a quelques années, une dame y a habité. Elle s'appelait Mathilde. Elle avait quatorze enfants et un homme mort qui lui-même s'appelait Le Knert. Et donc on a fini par l'appeler Knert-Mathilde, un peu comme moi je m'appelle Yttergård-Lars, si vous voulez aller par là.

– Et donc notre baie a elle aussi été surnommée Knert-Mathilde ?

Papy a acquiescé.

– Dans ce cas on peut même pas jouer, alors, j'ai dit, déçu comme un pou.

– Heureusement que non ! a ajouté Lena.

Après le repas, Lena et moi on a grimpé dans le

thuya. On est restés longtemps perchés dedans, sans rien dire. Pendant que je contemplais notre baie à travers les branches, je sentais l'été me filer entre les doigts. Tout était pareil, même si tout avait changé. Les champs n'étaient plus aussi verts et le vent n'était plus aussi chaud. Lena a poussé son soupir de cours de maths :

– Pfff… Le temps passe à une telle vitesse que c'en est un crève-cœur.

La semaine d'après, Lena et moi entrions en CM1. Moi je trouvais que c'était chouette de reprendre l'école – mais je n'en ai pas touché un mot à Lena. On avait une nouvelle institutrice. Elle s'appelait Ellisiv, elle était jeune, et elle avait un grand sourire. Elle m'a tout de suite plu.

Ce qui m'a nettement moins plu, c'est que Kai-Tommy avait toujours le chic pour nous enquiquiner et nous taquiner. En fait, c'est lui notre chef de classe. Et selon lui la classe serait parfaite si Lena n'en avait pas fait partie car alors il n'y aurait eu que des garçons. Dès qu'il prononce cette phrase, Lena se hérisse et feule comme une chatte enragée. Mais, depuis la rentrée de cette année, elle avait une réponse idéale :

– On voit bien que t'oublies Ellisiv, espèce de lama de cirque ! C'est pas une fille, elle, peut-être ?

Là, j'ai compris que Lena aimait bien notre nouvelle maîtresse, bien qu'elle l'ait regardée d'un air bourru les quatre premiers jours, en refusant de répondre à une seule des questions qui lui étaient posées.

– Elle est très gentille une fois qu'on s'est habitué à elle, j'ai dit à Ellisiv un jour où j'étais le dernier à sortir de la classe – j'avais peur qu'elle ne comprenne pas comment fonctionne Lena.

– Je vous trouve adorables, Lena et toi. Vous êtes amis ?

Je me suis approché de son bureau.

– En tout cas la moitié de nous deux, oui, j'ai dit, du bout des lèvres.

Ellisiv trouvait que c'était une excellente réponse pour qualifier une amitié.

Il n'y avait pas que l'école qui recommençait. L'entraînement de foot également. Le chantier que ça a occasionné ! Lena a annoncé que dorénavant elle serait gardienne et que ce serait elle qui serait dans les buts. Kai-Tommy trouvait pour sa part que c'était la réponse la plus conne qu'il ait jamais entendue depuis la dernière fois où il avait vu Lena. On pouvait quand même pas avoir une fille dans les buts ! Lena s'est mise tellement en boule qu'un orage a éclaté dans les montagnes et que notre entraîneur a accepté qu'elle soit goal à l'essai, le temps d'un match. Personne n'a réussi à marquer. C'est comme ça que Lena est devenue gardienne. Et, lors d'un tournoi organisé dans la ville un week-end, notre équipe a remporté tous les matchs, grâce à Lena. Elle était fière comme une paonne.

J'ai parlé du tournoi à mamie bis lorsqu'on s'est téléphoné, elle et moi. Mais le foot lui passe complètement au-dessus de la tête, à mamie bis. Elle trouve que c'est un peu du n'importe quoi.

— Je te signale, mon petit Trille chéri, que tu es en train de parler à une vieille dame qui est devant son gaufrier et que ce gaufrier est resté froid depuis des semaines et des semaines, se plaignait-elle. Vous ne pouvez pas laisser votre fichu ballon et venir me voir, plutôt ?

Ça ne posait pas de problèmes. Ça tombait même bien, a répondu papa quand je lui ai demandé, puisqu'il devait aller chercher mamie bis pour qu'elle vienne passer le week-end à la maison.

Il y a vingt kilomètres pour aller jusque chez mamie bis. Papa conduisait, Lena s'est sentie mal, mais elle n'a pas vomi pour autant. Par contre, elle était blanche comme un cachet d'aspirine.

Mamie bis habite toute seule, dans une petite maison jaune avec des rosiers tout autour. Papa lui avait demandé à plusieurs reprises si elle ne préférait pas plutôt venir s'installer chez nous, à Knert-Mathilde. Moi aussi je lui avais posé la question. Mais non, elle n'en a pas envie. Elle se trouve tellement bien dans sa maison jaune.

On a passé tout l'après-midi chez mamie bis. On l'a aidée dans tout ce qu'il y avait à faire. La pluie et la nuit venaient juste de commencer à tomber quand on est entrés. Mamie bis avait mis le couvert et l'ambiance était tellement douce, tellement souriante que j'en ai eu aussitôt une boule à l'estomac. Être enfoncé dans le canapé de mamie bis et manger des gaufres pendant qu'il pleut dehors, moi, je ne connais rien de meilleur. J'ai bien essayé de penser à quelque chose d'encore meilleur, mais je n'ai pas trouvé.

Pendant qu'on mangeait, Lena a essayé d'apprendre les règles du foot à mamie bis.

– Ce qu'il faut, quand tu joues au foot, c'est tirer fort, fort, fort! expliquait-elle.

– Oh là là, sans moi! s'est exclamée mamie bis.

– Il y avait beaucoup de tirs pendant la guerre? j'ai embrayé, parce que je sais que mamie bis préfère cent fois parler de la guerre que du foot.

– Non, mon petit Trille chéri, heureusement! Mais il y avait des tas de choses qui n'étaient pas rigolotes du tout.

Elle nous a raconté qu'ils n'avaient pas le droit d'avoir de radio pendant la guerre, parce que les Allemands avaient peur que les Norvégiens se remontent le moral pendant les émissions de radio.

– Mais nous, on avait la radio quand même, a-t-elle précisé non sans un petit sourire malicieux. On l'avait enterrée derrière la grange, et on la déterrait dès qu'on voulait l'écouter.

Les parents de papy et de mamie bis avaient fait beaucoup de choses interdites pendant la guerre, car quand c'est la guerre, tout est inversé : c'est surtout ce qui est interdit qu'il faut faire.

– J'aimerais bien que ce soit comme ça tous les jours, a fait remarquer Lena.

Mais mamie bis a répondu qu'on ne devait pas dire ça. Ce qu'ils faisaient était très dangereux. Si jamais quelqu'un les avait découverts, ils auraient été envoyés loin de chez eux.

– Et là toi non plus tu n'aurais pas eu de papa, Trille, m'a dit Lena.

Alors ça, c'était drôlement juste, a répliqué mamie bis en caressant la tête de Lena.

— Et où est-ce qu'ils les envoyaient, ceux qui écoutaient la radio ? ai-je voulu savoir.

— À Grini.

— À Rimi ? a demandé Lena, surprise.

— Non, ma biquette. Pas à Rimi, pas au supermarché, mais à *Grini*. C'était un camp de prisonniers, en Norvège, pas très loin d'Oslo. Et je peux t'assurer que c'était pas drôle, comme endroit.

Lena l'a regardée, pensive, un long moment.

— Et tu avais peur comment ? a-t-elle fini par lui demander.

— Mamie bis n'a jamais peur, me suis-je empressé de dire avant que mamie bis ait eu le temps de répondre. Parce que tu vois, mamie bis, eh bien, elle a Jésus au-dessus de sa tête quand elle dort.

Sur ce, j'ai emmené Lena dans la chambre à coucher de mamie bis pour le lui montrer.

— Là, j'ai dit, en désignant une image au-dessus du lit.

L'image représentait le flanc d'une montagne escarpée, avec un petit agneau réfugié sur un replat étroit et minuscule, incapable de descendre ni de remonter. La brebis, sa maman, se trouve en haut de la falaise et elle bêle tout ce qu'elle peut, terrorisée pour son agneau. Seulement voilà, Jésus est là lui aussi, il a posé son bâton contre un arbre et, penché au-dessus du précipice, il s'apprête à sauver la vie de l'agneau.

La tête inclinée, Lena observait l'image.

— C'est magique ? a-t-elle voulu savoir.

Ça, je ne le savais pas. Je savais juste que mamie bis n'avait jamais peur parce qu'elle avait Jésus au-dessus de son lit. Elle prétend que les humains sont des petits agneaux et que Jésus veille sur eux.

Quand on est rentrés à la maison, j'ai eu la permission de me mettre à l'avant et de passer les vitesses. Lena était assise derrière, à côté de mamie bis. Mais le trajet en voiture l'a rendue de plus en plus malade et, juste avant qu'on arrive, elle a vomi sur une touffe de trèfles tout ce qu'elle avait dans le ventre.

– C'est parce que tu passes les vitesses comme un pied, Trille, m'a dit ma meilleure amie quand on est remontés dans la voiture, avec la voix de celle qui a l'estomac à l'envers.

J'ai fait semblant de ne pas avoir entendu. J'ai pensé en moi-même qu'avoir avalé neuf gaufres entières, nappées de beurre et de sucre, n'avait pas dû arranger ses affaires.

– Tu aurais intérêt à être d'aplomb demain matin, miss, a prévenu papa une fois qu'on était rentrés. Il faut que tu sois prête pour la descente de la montagne, puisqu'on va ramener les moutons des alpages.

Lena comme moi avons écarquillé les yeux.

– On aura le droit de vous accompagner, *nous aussi* ? j'ai presque crié.

– Oui, a confirmé papa avec une voix normale. Je crois que vous êtes maintenant assez grands pour venir avec nous.

Qu'est-ce que j'étais content !

Descente des moutons
et tour en hélicoptère

Les moutons passent tout leur été en trans-humance, dans les montagnes où ils font ce qui leur plaît. Mais avant l'arrivée de l'hiver, il faut aller les récupérer pour les ramener à l'étable.

– Eux aussi, même régime que nous : finies les grandes vacances !

C'est ce que Lena dit tous les ans. Elle trouve ça injuste que les moutons aient de plus longues grandes vacances que les humains.

Et donc, cette année, Lena et moi avions la permission de participer à la descente de la montagne. Je n'y croyais toujours pas, le lendemain, alors qu'on était sur la terrasse. Toute ma famille, moins Krølla, serait du voyage. Lena, sa mère et oncle Tor nous accompagnaient. Papa, sac à dos et casquette vissés sur lui, nous a demandé si on était prêts. Et, lorsqu'on s'est mis en marche pour monter les collines, Lena et moi avons pu cette fois-ci nous retourner pour faire au revoir à papy et mamie bis restés en bas – au lieu de nous y trouver nous-mêmes comme les années précédentes. Lena, soit dit en passant, n'avait jamais pris soin de faire au revoir : vexée comme un pou, acide comme une branche de rhubarbe pas mûre, elle tournait résolument le dos à ceux qui partaient dans les alpages récupérer les moutons.

On voyait bien que l'été était terminé. Il suffisait de respirer l'air âpre, de regarder les arbres alourdis par l'humidité au-dessus de nos têtes au moment où on est passés devant la ferme de Jon de la Côte, avant de nous enfoncer dans la forêt de sapins. Lena et moi étions en bottes. On sautait comme deux lapins dans toutes les flaques qu'on trouvait sur les sentiers.

– Il faut que vous marchiez d'un pas régulier, nous a dit papa. Sinon vous allez vous épuiser.

Peut-être, sauf que c'est impossible de marcher d'un pas régulier quand on est aussi content. Les pieds courent tout seuls.

On a fini par sortir de la forêt pour arriver dans la montagne à proprement parler. Là-haut, c'est presque plat, et tout a une apparence radicalement différente.

– C'est parce qu'on est plus près du ciel, a dit la mère de Lena en se mettant à courir de pierre en pierre avec nous.

Quand on s'est retournés, on a distingué notre baie, loin, très très loin, tout en bas. De temps en temps, on apercevait les moutons. Parfois c'étaient les nôtres, et à d'autres moments c'étaient ceux des autres. Mais on ne s'occuperait pas d'eux aujourd'hui. D'abord, on allait passer la nuit dans notre chalet.

Enfin… un chalet… c'est plus une cabane. Il n'y a ni électricité ni waters. N'empêche, je trouve que c'est le plus beau chalet de la terre entière. D'ailleurs, il ressemble à mamie bis : il a l'air tellement content quand on arrive, comme elle.

Les odeurs de la montagne n'ont pas tardé à nous entourer de toutes parts. À l'intérieur, maman et oncle Tor faisaient frire du lard sur la gazinière et, à l'extérieur, papa préparait du café sur un feu de bois.

Dès qu'il est dans la montagne, papa est aux anges. À ce moment-là, on se sent autorisé à lui poser les questions que, d'habitude, on n'ose jamais lui poser. En plus, il rigole presque tout le temps.

– On ne peut pas se mettre en colère quand on est dans la montagne, m'a-t-il expliqué quand je lui en ai parlé. Tu ne sens pas la différence, Trille ?

J'ai réfléchi une seconde, et j'ai senti la différence. J'ai fait oui de la tête. Lena estimait que si c'était comme ça, papa ferait mille fois mieux de monter plus souvent à la montagne. Elle lui faisait face, de l'autre côté du feu de bois qu'elle fixait intensément. J'aurais bien aimé, à ce moment-là, offrir une part de mon papa à Lena. Pour qu'elle puisse voir ce que ça faisait d'en avoir un – d'avoir un papa qui fait un feu de bois et qui est plein de cette joie de montagne. En fait, elle devrait pouvoir me l'emprunter de temps à autre.

– Oui, tous les mercredis après-midi, m'a-t-elle répondu quand je lui en ai parlé. Comme ça je pourrais l'emmener en laisse pour qu'il s'aère un peu dans la montagne.

Et puis est enfin venu le jour de la descente des moutons. Lena et moi devions suivre oncle Tor pour passer des montagnes appelées les Tindane. Elles sont plates d'un côté, mais à pic de l'autre. Papa lui a montré quel sentier prendre, il connaît le chemin comme sa poche vu qu'il a participé à la transhumance tous les ans depuis qu'il a mon âge.

– Et fais bien attention aux gamins ! a-t-il averti son petit frère.

– Aïe aïe aïe… a répondu tonton.

Tonton, il est du genre à marcher à pas de géant. Lena et moi, c'était à peine si on arrivait à le suivre. À mon avis, il trouvait sûrement qu'on était trop petits pour les accompagner, et maintenant il voulait nous montrer qu'il avait raison.

– On peut franchement pas dire que tu fais bien attention à nous ! lui a lancé Lena, évidemment furieuse, lorsqu'elle a dû s'arrêter pour vider sa botte et que tonton s'est contenté de continuer sans se retourner.

Il ne nous écoutait pas.

– Viens, Lena ! j'ai dit.

– Nan !

– Mais faut qu'on ramène les moutons.

– Oui !

Elle était plantée là comme un piquet. J'ai plié ma capuche en soupirant. Et c'est là qu'à mon tour

98

j'ai entendu le bruit. Un bêlement, frêle, effrayé, qui n'avait quasiment plus rien du bêlement.

Lena et moi avons suivi le bruit. Il provenait du bord de la falaise. On s'est allongés sur le ventre, puis on s'est rapprochés.

– Malheur ! j'ai fait.

Un peu plus bas, une brebis était perchée sur un minuscule replat. Elle devait y être depuis un sacré bout de temps. Elle était tellement maigre qu'elle n'avait presque plus la force de bêler. Je n'osais même pas imaginer ce qui lui serait arrivé si on ne l'avait pas découverte ! J'ai rampé pour mieux lire la plaque qu'elle avait à l'oreille. Le chiffre 3011 figurait sur le clip jaune.

– Elle est à nous.

– Je me demande comment elle a fait son compte pour se retrouver là, a dit Lena en se glissant un peu plus dans le vide.

– Par là, sûrement.

Je lui ai montré une petite fente rocheuse qui descendait jusqu'au replat. Puis je me suis relevé et j'ai fouillé les Tindane du regard, à la recherche d'oncle Tor. Mais il avait disparu. Quand je me suis retourné, Lena avait elle aussi disparu.

Mon cœur a bondi dans ma poitrine. Il s'est mis à battre tellement fort que ça me faisait mal.

– Lena… j'ai murmuré.

Aucune réponse.

– Lenaaa !

– Chuis là !

J'ai jeté un œil par-dessus le précipice.

– Alors ? Je ressemble à qui maintenant ?

Tout excitée, elle me regardait d'en bas. D'une main, elle était suspendue à un bouleau arctique qui poussait dans la fente rocheuse tandis que ses bottes jaunes reposaient sur un petit replat qui s'évasait du flanc de la montagne.

— Tu ressembles à toi-même.

Lena a levé les yeux au ciel puis elle a tendu sa main libre pour essayer de s'emparer de la brebis un peu plus en contrebas.

— Je ressemble à Jésus, patate !

J'ai secoué la tête.

— Jésus ne portait pas de ciré rouge. Remonte, maintenant.

Mais non. Lena devait d'abord, toujours suspendue à l'arbre, retirer son ciré.

— Lena, remonte maintenant !

Je criais, j'avais peur, je me suis penché encore plus pour qu'elle puisse attraper ma main.

Or, au moment où Lena a fait un pas en avant, le bouleau s'est déraciné de la paroi rocheuse et, avec l'arbre dans une main et un cri qui lui sortait de la bouche, Lena a disparu.

Au cours de sa vie, Lena est tombée de hauteurs vertigineuses à de très nombreuses reprises. Mais jamais je n'ai été aussi persuadé que cette fois-ci qu'elle était morte. Jamais je n'oublierai cette sensation épouvantable que j'ai ressentie dans mon ventre lorsque je me suis avancé aussi près du bord de la falaise que je l'osais et que j'ai regardé en bas du versant de la montagne qui dévalait à pic.

— Aïe ! Ma main !

Le gémissement provenait de loin, de très loin en contrebas. Ma meilleure amie était assise sur un replat un chouïa au-dessous de celui où la brebis piétinait d'avant en arrière sans pouvoir en échapper. J'ai été tellement soulagé que j'aurais pu pleurer.

– Oh, Lena !

– Oh Lena, oh Lena ! m'imitait-elle. Je me suis cassé le poignet, imbécile ! a-t-elle hurlé, en rage.

Je voyais qu'elle se tordait de douleur. Mais elle ne pleure jamais, Lena. Et cette fois non plus.

Si j'avais réussi à expliquer à quelqu'un le sprint que j'ai piqué ce jour-là… Et dire qu'oncle Tor était allé si loin sans se retourner une fois ! J'étais terrorisé à l'idée que Lena puisse ne rien trouver de mieux que d'essayer d'escalader la paroi rocheuse sous prétexte qu'elle s'ennuyait sur le replat. Ç'aurait été elle tout craché. Je courais si vite que j'ai senti un goût de sang dans ma bouche car je m'imaginais Lena dans son ciré rouge tomber dans le vide, en chute libre, comme un mini-Superman, la rage au corps. Et là, brusquement, j'ai compris que si d'aventure il devait arriver quelque chose à Lena, jamais je n'aurais la force de continuer à vivre, moi non plus.

Mais où diable pouvait être oncle Tor ? Je criais, je courais, je tombais, je criais toujours. Et je courais de plus belle. Jusqu'à ce que je parvienne à la dernière montagne des Tindane, lorsque les plateaux commencent leur lent dénivelé. Et là, j'ai eu si peur, j'étais tellement en colère, que j'ai hurlé, incapable d'autre chose. Je hurlais.

– Si pour avoir le droit de faire un tour en hélicoptère il faut que je me casse la figure des Tindane,
je vais y monter plus souvent, m'a dit Lena quelques
jours plus tard.

On était perchés dans le thuya, et elle était toujours
aussi survoltée par ce qui s'était produit – surtout
parce qu'elle avait été hélitreuillée.

– Et puis, maman, Isak et moi on est allés au café
après qu'ils m'ont posé le plâtre. Parce que je suis
allée si souvent chez le docteur qu'il fallait fêter ça.
C'est ce qu'ils m'ont dit.

Lena a éclaté de rire et a cogné dans son plâtre.

– T'aurais bien aimé, toi aussi, tomber des Tindane, hein, Trille ?

J'ai souri, mais je n'ai rien dit. En fait, je ne crois
pas que Lena ait compris à quel point j'ai eu peur
de la perdre ce jour-là, au bas des Tindane. Tout en
bas. Et je n'ai pas réussi non plus à le lui dire.
Mais, le soir, quand je me suis couché, je n'ai pas
pu m'empêcher d'avoir cette pensée un peu triste :
Lena aurait sûrement eu peur elle aussi si ç'avait été
moi qui m'étais retrouvé sur le replat.

Lena a encore frappé

Et voilà qu'un jour, sans prévenir, Isak a débarqué. Pourtant, personne n'était malade. Il est entré dans la cour, monté sur sa moto, alors que Lena et moi jouions au croquet. Lena en a eu tellement le souffle coupé qu'elle a envoyé sa boule dans la haie – ce qui a toujours le don de la mettre dans une rogne pas possible.

– Je souffre de rien aujourd'hui, je te signale, lui a-t-elle lancé avec son ton bourru.

Isak était ravi de l'apprendre. Il trouvait ça presque anormal, nous a-t-il dit, mais ça n'en restait pas moins une bonne nouvelle. Là-dessus, il nous a raconté qu'il apportait une pièce de rechange pour la moitié de moto dans la buanderie.

– Maman est pas encore rentrée. T'es sûr qu'elle l'a commandée ? a voulu savoir Lena, dubitative.

– Non, c'est une surprise.

Et en disant ça, il avait l'air un peu gêné, un peu anxieux aussi. Je me suis dit que je le serais de la même façon si j'étais venu à l'improviste comme lui et que la première personne que j'avais rencontrée avait été Lena, munie d'un maillet de croquet.

— Tu peux faire une partie avec nous en attendant qu'elle revienne, j'ai proposé, avant que Lena ne reparte sur sa lancée.

Isak n'avait rien contre. Lena est restée silencieuse pendant une demi-seconde, puis j'ai vu qu'elle se rappelait tout à coup que sa boule avait échoué dans la haie.

— Ouh là… Dans ce cas faut qu'on recommence à zéro, hein ! a-t-elle marmonné, satisfaite de sa répartie, avant d'aller ramasser la boule.

À partir de ce jour-là, Isak est venu souvent. La moitié de moto dans la maison de Lena a fini par ressembler à une moto entière. Les premières semaines, Lena ne mentionnait jamais ce nouvel invité. Adoptant une attitude qui laissait croire qu'Isak n'existait pas. Et puis un jour, alors qu'on était planqués dans le thuya et qu'on les regardait, lui et la mère de Lena, planter des branches de sapin dans les plates-bandes, Lena a déclaré :

— Il aime pas le chou bouilli.

Je me suis avancé un peu pour mieux voir à travers les branches.

— Tu crois que c'est si grave que ça, Lena, qu'il aime pas le chou ?

Lena a haussé les épaules. Je la voyais se creuser la cervelle.

— Mais à quoi ils servent alors, Trille ?

Moi non plus je n'avais pas de réponse, sans

compter que j'avais un peu mauvaise conscience par rapport à papa.

– Papa, il mange aussi des carottes cuites, j'ai dit, histoire simplement de répondre quelque chose.

Isak également. Triomphante, Lena était en mesure de me le confirmer. Elle avait réussi à le convaincre de manger trois carottes cuites, en plus de celles qu'il avait dans son assiette. Papy n'a pas pu s'empêcher de rire, tout en ajoutant : « Pauvre bestiau ! » Puis Lena est repartie comme elle était venue car le pauvre bestiau était à nouveau en visite chez elles. Je l'ai regardée disparaître à travers le trou dans la haie.

– Je crois bien que Lena trouve que c'est plus rigolo d'être avec Isak qu'avec moi.

Papy était en train de repriser une chaussette. Il ressemble à une chouette, quand il a ses lunettes sur le nez.

– C'est bien pour Lena d'avoir un bestiau comme Isak à la maison. Aïe ! Donc il va falloir que tu prennes un peu sur toi, mon petit Trille.

– Oui… j'ai dit, après y avoir un peu réfléchi.

En général, papy a toujours raison.

J'ignore si ce sont les carottes qui en sont responsables, en tout cas, Lena était tellement contente ce jour-là que j'ai eu l'impression d'avoir un papillon comme voisine. Et ça, c'est surprenant quand on n'y est pas habitué.

Et puis, brusquement, un mercredi, à la fin du mois de novembre, elle est redevenue elle-même. Mais encore plus en colère. Je l'ai remarqué aussitôt qu'on s'est retrouvés pour aller à l'école. Elle ne m'a pas dit bonjour. Ce qui est signe de danger imminent. Et en même temps ça faisait du bien de la revoir comme avant. C'était plus normal. Quand elle est comme ça, il faut surtout ne rien dire à Lena. Mais Kai-Tommy ne l'entendait pas de cette oreille. Il a fait tout le contraire. Comme d'habitude, d'ailleurs. Sauf que cette fois-ci il allait le regretter.

C'était pendant la pause déjeuner. La plupart venaient de finir de manger et s'apprêtaient à sortir. Assise à son bureau, sur l'estrade, Ellisiv écrivait quelque chose. Quand Lena est passée devant lui, Kai-Tommy a dit, suffisamment à voix basse pour qu'Ellisiv ne l'entende pas :

– Oh là là, ce que ce serait bien si on pouvait ne pas avoir de fille dans la classe.

Lena s'est retournée comme un automate. Des picotements me parcouraient le dos de haut en bas. Les autres garçons avaient dû eux aussi sentir le vent venir car, soudain, tous avaient les yeux rivés sur Kai-Tommy et Lena. Elle se tenait devant lui, aussi mince qu'une crêpe, avec ses deux couettes de travers, et elle est entrée dans une telle rage que j'ai retenu mon souffle.

– Tu redis une seule fois ce que je viens d'entendre et je peux te jurer que je vais t'envoyer valdinguer plus loin que Pétaouchnock.

Avec un sourire mauvais, Kai-Tommy s'est rapproché d'elle et lui a dit :

– Oh là là, ce que ce serait bien si on pouvait ne pas avoir de fille dans la classe.

Et là le coup est tombé. Lena Lid, ma meilleure amie et voisine, a flanqué un coup de poing à Kai-Tommy qui l'a carrément propulsé vers l'estrade où se trouvait Ellisiv. C'était comme au cinéma. Kai-Tommy s'est pris un gnon en pleine figure puis il a fait un vol plané, comme dans les films que j'ai vus – et tant pis si en fait je n'ai pas le droit de les regarder vu qu'ils sont interdits aux moins de quinze ans. Et ce coup de poing, c'est Lena qui le lui a administré : elle l'a frappé avec la main qui venait juste d'être plâtrée. Et on allait en entendre parler pendant des semaines et des semaines.

À part les geignements de Kai-Tommy qui se roulait par terre, on n'entendait pas une mouche voler dans la classe. On était tous en état de choc, presque – Ellisiv aussi, ce qui au fond n'avait rien de très étonnant étant donné qu'elle avait failli se prendre un élève dans la tête. Mais, lorsque Lena s'est dirigée vers la porte et a fait mine de vouloir sortir, l'institutrice l'a interpellée, d'une voix très irritée :

– Lena Lid, où est-ce que tu comptes aller comme ça ?

Lena s'est alors retournée et a regardé Ellisiv.

– Je vais dans le bureau du directeur.

Lorsqu'on est rentrés chez nous ce jour-là, en traînant les pieds, Lena s'était fait engueuler comme du poisson pourri, certes, mais elle n'avait pas demandé pardon à Kai-Tommy. Au lieu de quoi elle avait demandé pardon au directeur, m'a-t-elle raconté. Et c'était amplement suffisant! a-t-elle ajouté. Elle rapportait une lettre destinée à sa mère, qu'elle tenait dans son manteau, comme sa main.

— Tout le monde trouve ça super bien que tu sois dans notre classe, Lena. Ils trouvent que tu es la fille la plus culottée, la plus forte de toute l'école. C'est eux qui l'ont dit, sans que je les force.

C'était l'entière vérité. Ce jour-là, les autres garçons de la classe avaient parlé de Lena, et en bien seulement.

— Bon, c'est plus drôle maintenant, m'a répondu Lena d'une voix triste.

— Qu'est-ce que tu veux dire?

Elle n'a pas fourni de réponse.

Isak était à la maison quand on est rentrés. Ce qui n'était pas plus mal étant donné les douleurs terribles que Lena avait à la main.

— Faut voir la gueule qu'il a, l'autre Kai-Tommy, coriace comme c'est pas permis, a expliqué Lena en lui tendant la lettre, qu'il a à son tour tendue à la mère de Lena.

— Eh ben dis donc, ma chérie, tu es une drôle de gamine, toi… a répliqué celle-ci.

Isak pensait que Lena s'était foulé la main.

— C'est un sacré vol plané qu'il a dû faire, ce Kai-Tommy, s'est étonné Isak, impressionné.

Là, j'ai mesuré la longueur du vol plané sur le sol de la cuisine – et j'ai rajouté deux pas encore en plus, histoire d'être deux fois plus gentil envers Lena.

La neige

Il n'est pas évident de savoir à quel moment vient l'hiver car il vient sans faire de bruit. Mais quand maman décrète que dorénavant il faudra que je porte des caleçons longs, là je sais qu'il n'y en a plus pour longtemps. Et donc cette époque était arrivée, et avoir un caleçon long sur la peau a tout de suite été une sensation répugnante, encore plus avec mon jean par-dessus. J'ai dû faire trois fois le tour de la maison pour m'y habituer. Ensuite, je suis allé sonner chez Lena.

— Toi aussi tu portes des caleçons longs maintenant ? j'ai demandé.

Pas encore. Lena attendait les premières neiges.

Une fois dehors, il ne nous a pas fallu trois heures pour nous rendre compte que Lena allait, elle aussi, devoir se mettre aux caleçons longs. Il y avait du givre sur les flaques et Dieu avait saupoudré de sucre glace les plus hauts sommets des montagnes.

— Moi j'ai hâte qu'il neige ! j'ai dit à Lena.

Oui, ce serait pas mal, estimait Lena qui encore aujourd'hui n'était pas d'une humeur folichonne. Je ne comprenais pas ce qui n'allait pas en ce moment : Lena est toujours hystérique dès que la neige commence à tomber. Mais bon, je ne voulais pas lui casser les pieds. Ça n'aurait sûrement pas arrangé les choses.

L'après-midi, avec papa, on est allés voir mamie bis. Elle, par contre, n'avait pas du tout hâte qu'il neige.

– Je ne peux plus déblayer la neige toute seule. Je suis si vieille.

Je crois que j'aurais préféré l'hiver encore plus si je n'avais pas eu à m'occuper de déblayer. Si ça ne tenait qu'à moi, la neige pouvait tomber autant qu'elle voulait jusqu'à ce qu'elle disparaisse. Ou jusqu'à ce que papa l'enlève.

Mamie bis nous a raconté des histoires pendant que papa et moi on mangeait des gaufres, qui étaient presque encore meilleures que d'habitude avec le froid qu'il faisait dehors. J'étais assis les jambes sur le canapé, lové contre mamie bis, et j'étais tellement bien que ça faisait presque mal. Mamie bis a le cœur le plus gros et le plus chaud que je connaisse. Elle n'a qu'un défaut, mamie bis, un seul : elle tricote. Et là, Noël s'approchait à grands pas. J'ai profité de l'absence de mamie bis, elle était partie chercher d'autres gaufres à la cuisine, pour jeter un œil vite fait dans le panier derrière le canapé. C'est là qu'elle range ses tricots. Et il y en avait des piles entières ! Elle nous donne toujours des trucs tricotés en cadeau de Noël. C'est quand même bizarre que, elle qui est si intelligente, ne comprenne pas l'horreur que c'est de se trimballer avec des pulls tricotés main. Ça gratte, et on a une drôle de dégaine quand on les a sur le dos. Moi je préférerais de loin avoir des cadeaux qu'on achète dans les magasins de jouets ; mais les choses modernes comme ça, mamie bis n'y comprend rien, même si je lui ai expliqué des centaines de fois.

Avant de partir, je suis allé dans la chambre à coucher pour regarder l'image de Jésus accrochée au-dessus du lit. Comme mamie bis est entrée à ce moment-là, je lui ai expliqué comment Lena avait essayé de jouer à Jésus lorsqu'elle était tombée des Tindane. Tout en lui racontant ce qui s'était passé, je me suis tout à coup rendu compte de la peur que j'avais eue.

— J'ai tellement peur de perdre Lena. Tout le temps, j'ai peur. Mais je crois pas que, elle, elle ait peur de me perdre.

— Peut-être que Lena sait qu'elle n'a pas besoin d'avoir peur de te perdre. Tu es un petit gars tellement fidèle, toi, mon petit Trille chéri.

J'ai sondé comment je me sentais à l'intérieur de moi, et je me sentais fidèle.

— C'est vrai que tu n'as jamais peur, toi, mamie bis ?

Elle a posé une main sur ma nuque et l'a caressée.

— De temps en temps, j'ai un peu peur. Mais dans ces cas-là, il me suffit de regarder l'image de Jésus et là je me souviens qu'il prend soin de moi. Et puis tu sais, mon petit Trille chéri, ça ne sert à rien d'avoir peur. Ça n'a jamais aidé personne.

– Elle est belle, l'image.

Là-dessus, je lui ai promis de revenir quand il neigerait. Je pourrais déblayer la neige, même si ça m'ennuyait de le faire. Puis mamie bis m'a fait un bon et gros bisou tout ridé, un vrai bisou de mamie bis, et elle m'a promis une montagne de gaufres, que je déblaie la neige ou pas.

La neige est arrivée un dimanche.

Et ce dimanche-là, mamie bis est morte.

C'est maman qui m'a réveillé pour me l'annoncer.

D'abord, elle m'a annoncé qu'il neigeait. Puis elle m'a annoncé que mamie bis était morte. Elle a tout dit dans le désordre. Il aurait mieux valu qu'elle me dise en premier que mamie bis ne vivait plus, et ensuite qu'elle me réconforte en me disant qu'il neigeait. Quelque chose en moi s'est brisé, anéanti. Je suis resté étendu de longues minutes, la tête sur l'oreiller, pendant que maman me caressait les cheveux.

Ç'a été une journée étrange. Même papa et papy pleuraient. Et ça c'était horrible. Le monde entier était dorénavant changé car il n'y avait plus de mamie bis sur cette terre. Et dehors il neigeait.

Au bout d'un moment, j'ai enfilé ma doudoune et je suis allé du côté de l'étable. Là, je me suis carrément allongé par terre. Mes pensées voltigeaient dans tous les sens, comme les flocons de neige, c'était un beau n'importe quoi. Hier, mamie bis vivait et respirait tout autant que moi alors qu'aujourd'hui elle était morte. Et si moi je mourais à mon tour ? Ça pouvait arriver aux enfants. Un petit cousin de Lena était mort dans un accident de voiture. Il n'avait que dix ans. La mort, c'est presque comme la neige : on ne sait pas quand elle arrive, même si elle vient la plupart du temps en hiver.

Et soudain, Lena était là, devant moi. Elle portait sa doudoune verte.

– Ça y est, j'ai mis mes caleçons longs. Pourquoi t'es étendu là ? Tu ressembles à un hareng.

– Mamie bis est morte.

– Oh…

Lena s'est assise à côté de moi, dans la neige, et n'a rien dit pendant un long moment.

– C'était un infractus ? m'a demandé Lena au bout d'un moment.

– Un infarctus, oui.

– Oh là là… Un jour comme aujourd'hui en plus, alors qu'il neige et tout.

Souvent, il est difficile de comprendre que les gens meurent, a expliqué maman, le soir. Le creux de son bras était chaud et sécurisant. Elle avait raison, maman. N'empêche, je ne comprenais rien à rien. Je trouvais ça bizarre de penser que plus jamais je ne reverrais mamie bis.

– Tu pourras la voir une dernière fois, si tu veux, m'a dit maman.

Je n'avais encore jamais vu quelqu'un de mort. Mais le mardi, j'ai pu voir mamie bis. J'étais terrorisé. Lena m'avait dit que les morts ont la figure toute bleue, et surtout ceux qui sont morts d'un infarctus. Je crois que Magnus et Minda avaient peur eux aussi. Krølla, accrochée dans le dos de papa, ne faisait que rigoler.

Ce n'était pas si horrible que ça. Mamie bis n'était pas bleue. On aurait cru qu'elle dormait. J'ai même pensé qu'elle allait rouvrir les yeux d'une seconde à l'autre. Et si toute cette histoire de décès était une erreur ? J'ai fixé pendant longtemps ses paupières. Elles ne bougeaient pas. J'imaginais qu'elle allait les ouvrir, me regarder et dire : « Ben dis donc, mon petit Trille chéri, tu es drôlement chic, hein ! » Je m'étais mis sur mon trente et un, et tant pis si mamie bis ne pouvait rien voir puisqu'elle était morte. Avant qu'on s'en aille, j'ai touché sa main. Elle était froide. Comme la neige, ou quasi. Complètement morte.

Les obsèques ont eu lieu le jeudi. Mais j'avais déjà assisté à un enterrement, une fois. Lena nous a accompagnés. Elle aussi avait connu mamie bis. Je crois qu'elle a trouvé que la cérémonie, c'était ennuyeux. Je ne suis pas arrivé à pleurer.

– Et voilà, maintenant mamie bis est au ciel, a dit maman quand on est rentrés à la maison.

Mais à moi on ne la faisait pas, celle-là : je les avais bien vus mettre le cercueil dans la terre du cimetière.

— C'est vrai, papy ? j'ai demandé un peu plus tard. Que mamie bis est au ciel ?

Papy était dans son rocking-chair, vêtu de son beau costume. Il regardait droit devant lui.

— Eh oui, mon petit Trille. C'est la vérité vraie. C'est les anges qui doivent être contents, là-haut. Alors que nous on est là et…

Il n'a pas terminé sa phrase.

Knert-Mathilde était en deuil. Tout le début du mois de décembre était étrange, plein de silence et recouvert de bouquets de fleurs. Mamie bis nous manquait. Et puis Lena a fini par débarquer chez nous en claquant la porte si fort que les murs ont tremblé, et elle m'a dit que j'avais plutôt intérêt à me bouger la peau des fesses et à l'accompagner dehors pour qu'on aille faire une partie de boules de neige.

— T'as pas une commotion cérébrale, au moins ?

Elle était complètement hérissée dans sa doudoune.

Et donc on s'est lancé des boules de neige, Lena et moi. Et au fond ça m'a fait du bien. Après, j'ai eu envie d'aller chez Lena, ma dernière visite chez elle remontait à si longtemps.

— T'as pas le droit, m'a-t-elle répondu, sur un ton cassant.

Les bras m'en sont tombés. Mais comme ma voisine avait l'air plus que déterminée, je n'ai pas joué les curieux en posant des questions indiscrètes. Après tout, peut-être qu'elle avait un cadeau de Noël géant qui attendait dans sa maison…

Et cette année aussi ç'a été Noël. Mais tout était différent vu que mamie bis ne venait pas le passer chez nous. Personne n'occupait sa place attitrée, personne ne repliait le papier cadeau en disant que c'était moche de jeter du si beau papier, personne ne chantait avec une voix stridente de dame âgée pendant qu'on dansait la farandole autour du sapin. C'est maman qui a dû nous demander de la rejoindre devant la crèche et elle encore qui a dû lire l'Évangile de Noël. Et puis je n'ai même pas eu de pull tricoté main – j'étais loin d'imaginer que ça me ferait autant de peine.

Dans la soirée, Lena est venue nous souhaiter un joyeux Noël. On est montés à la fenêtre du téléphérique. J'ai remarqué que Lena avait tiré les rideaux de sa chambre. Qu'est-ce qu'elle voulait que je ne voie pas ? Comme elle m'avait offert des jambières en cadeau de Noël, ça ne pouvait pas être quelque chose dans ce genre. Ça faisait presque deux semaines que je n'étais pas allé chez elles.

– Est-ce que le ciel est au-dessus des étoiles ? m'a demandé Lena avant même que j'aie eu le temps de poser la moindre question.

J'ai levé les yeux et je lui ai dit qu'elle avait sûrement raison. Mamie devait être en train de s'amuser avec les anges et Jésus. J'étais prêt à parier qu'elle leur avait offert des pulls tricotés à Noël.

– Ça doit les gratter entre les ailes, j'ai dit. Aux anges, je veux dire.

Mais Lena n'avait pas l'air de trouver les anges très à plaindre.

– P'têt'. Sauf qu'ils mangent des gaufres à l'heure qu'il est, eux.

Je me suis alors souvenu d'un truc que j'avais oublié de raconter à Lena.

– J'ai hérité. J'avais la permission de choisir un truc dans la maison de mamie bis qui ne serait qu'à moi.

– Et ? T'as trouvé ? Elle avait tellement de trucs…

J'ai fait signe que oui.

– T'as pris quoi ? Le canapé ?

– Non, l'image de Jésus. Elle est au-dessus de mon lit maintenant. Comme ça je n'aurai plus peur.

Lena est restée silencieuse un long moment. Je croyais qu'elle se serait fichue de moi parce que je n'avais pas choisi le canapé ou autre chose de plus grand. Elle s'est contentée d'appuyer le nez contre la vitre et de faire une drôle de grimace.

Le jour le plus triste de ma vie

Je croyais que maintenant que mamie bis était morte il s'écoulerait un long, un très long moment avant qu'il n'arrive autre chose de triste. Ce ne devait pas être le cas.

— Ça va mon petit Trille d'amour ? m'a demandé maman.

Elle s'est assise à côté de moi. Je m'étais préparé une tartine de pâté de foie, je m'apprêtais à souper, on était le 27 décembre.

— Oui, j'ai répondu en souriant.

— Mais ça risque d'être vide pour toi, mon chéri, quand Lena va partir.

Le morceau de pain est pour ainsi dire mort dans ma bouche.

— Quoi ? Qui part ? j'ai demandé, sans respirer.

Maman m'a fixé dans le blanc des yeux comme si je venais de poser la question la plus biscornue qui soit.

— Lena ne t'a pas dit qu'elle déménageait ? Ça fait plusieurs semaines qu'elles sont dans les cartons !

Maman a pris peur. J'essayais d'avaler le bout de pain, mais il refusait de descendre. Maman m'a pris la main qu'elle a serrée, fort.

– Mon petit Trille d'amour… Tu ne le savais pas ?

J'ai secoué la tête. Maman a serré ma main encore plus fort. Et elle m'a raconté, sans que je prononce un seul mot, qu'il ne restait qu'un semestre à la mère de Lena pour terminer son école d'art, ce qu'elle n'a jamais réussi à faire avant la naissance de Lena. Elle venait d'apprendre qu'elle pouvait réintégrer l'école. Voilà pourquoi elles partaient en ville. Elles allaient habiter juste à côté de chez Isak. Peut-être que Lena l'aurait enfin, son vrai papa.

Vrai papa ou pas, moi en tout cas j'étais là, collé à ma chaise, mon bout de pain au pâté de foie dans la bouche, incapable de l'avaler ni de le recracher. Lena ? Partir ? Et sans rien dire en plus ?! Mais ça se fait pas ! J'ai vu à l'expression qu'elle avait que maman était terriblement triste pour moi. Et ça je n'avais aucun mal à le comprendre !

Ainsi donc c'était pour ça qu'elle ne voulait pas que j'aille chez elle ! J'ai fait un tel bond de ma chaise pour me relever qu'elle est tombée à la renverse. J'ai enfilé les chaussures de Magnus et j'ai traversé la haie qui s'en est pris un coup au passage quand il a fallu que je passe à travers ce foutu trou. Il faisait tellement noir que j'ai trébuché sur le perron de la maison de Lena si bien que j'ai avalé de travers le bout de pain que j'avais toujours dans la bouche. Toussant, furieux, j'ai ouvert la porte et suis entré sur le même mode que Lena : avec fracas.

Il y avait des cartons partout. La mère de Lena a surgi de derrière l'un d'eux en écarquillant vers moi des yeux surpris. On s'est regardés, sans bouger. Tout à coup, je ne savais plus quoi dire. C'était tellement bizarre, avec toutes ces caisses. La maison de Lena ne ressemblait plus à rien, à commencer par elle-même.

Lena était à la cuisine, elle soupait. J'ai foncé vers elle. En fait, j'avais l'intention de beugler comme elle sait si bien le faire, j'allais hurler au point que la cuisine à moitié vide renverrait l'écho de mon cri assourdissant, j'allais lui balancer ses quatre vérités à la figure : on n'a pas le droit de partir comme ça, sans prévenir. J'étais prêt à le faire, j'avais même la bouche ouverte, et puis rien n'est sorti. Lena n'était pas comme d'habitude, elle non plus.

— Tu déménages ? ai-je fini par murmurer.

Lena a tourné son visage vers la vitre de la cuisine. Elle y a croisé mon reflet. Nous nous sommes regardés dans cette fenêtre superposée à l'obscurité, puis Lena s'est levée, s'est faufilée à côté de moi et a disparu dans sa chambre. En refermant la porte sans bruit.

La mère de Lena a lâché ce qu'elle tenait dans ses mains.

— Tu n'étais pas au courant, Trille ? m'a-t-elle demandé avec une mine encore plus terrorisée que celle de maman.

Elle avait un bout de scotch dans les cheveux. Elle a escaladé les cartons, les bras tendus vers moi, et elle m'a enlacé.

— Je suis désolée, Trille. Mais on reviendra très souvent vous voir. Je te le promets. Et puis ce n'est pas très loin, la ville.

Le reste de la semaine, Lena et moi attendions, chacun chez soi.

— Tu ne veux pas aller jouer un peu avec Lena avant qu'elle parte ?

Cette question, maman me l'a posée des fois et des fois, et à chaque fois je sentais que j'étais le seul dans le monde entier à connaître Lena sur le bout des doigts. Il était évident que nous ne pouvions pas jouer en ce moment.

Pour le réveillon du premier de l'an, on avait organisé une fête de départ à la maison, avec de la nourriture pour les fous et les sages et tout plein de feux d'artifice. Isak était invité lui aussi mais je ne lui ai pas parlé. Ni à lui ni à Lena. Je n'y arrivais pas. D'ailleurs, Lena n'a adressé la parole à personne, passant sa soirée à faire la tête, avec une barre en guise de bouche qui ne s'est arrondie qu'au moment où papy a posé un doigt sur chacune de ses joues et a tiré sur les commissures pour y enfoncer un bonbon au chocolat.

Je me tenais devant la fenêtre du téléphérique quand le camion de déménagement est arrivé. J'ai vu les déménageurs, la mère de Lena et Isak porter tous les cartons de la maison blanche. Lena n'en est sortie qu'à la toute fin. Je me suis même demandé s'ils n'allaient pas devoir la porter elle aussi. Mais elle est venue toute seule, puis elle s'est assise à l'arrière de la voiture d'Isak. J'ai senti que c'était le moment pour moi d'aller la rejoindre, mais je suis d'abord passé par ma chambre et j'ai décroché l'image de Jésus.

Lena ne m'a pas regardé. Une vitre épaisse nous séparait. J'ai toqué. Elle a semblé un peu surprise en la baissant. Il n'y avait certes qu'un tout petit espace, mais assez grand pour que je puisse y glisser Jésus. Et assez grand pour que je puisse également dire au revoir, mais a priori trop petit pour que Lena puisse le dire à son tour.

– Au revoir, j'ai chuchoté pour la seconde fois, tandis que Lena se cramponnait à l'image dont j'avais hérité, et qu'elle se tournait plus résolument encore.

Puis ils sont partis.

J'étais tellement triste ce soir-là que je ne savais plus quoi faire ni quoi penser. J'étais profondément incapable de m'endormir, ce que papa a dû comprendre car il est monté dans ma chambre bien que je lui aie souhaité bonne nuit depuis longtemps. Il avait apporté sa guitare.

Je ne disais rien. Et papa non plus. Il s'était assis sur le bord de mon lit. Mais au bout d'un moment, il s'est éclairci la voix et s'est mis à jouer. Il m'a joué la trille de Trille, exactement comme quand j'étais tout minot. C'est ma chanson, la mienne, et c'est papa qui l'a composée. Quand il a eu fini, il m'a annoncé qu'il en avait écrit un tout nouveau morceau, aujourd'hui même. Ça s'appelait *Triste fils, triste père*.

– Tu veux l'écouter, Trille ?

J'ai fait vaguement oui de la tête.

Et, pendant que le vent s'enroulait autour de la maison, papa m'a joué *Triste fils, triste père.* Je le distinguais à peine car la chambre était plongée dans la pénombre.

Soudain, j'ai compris à quoi ça sert d'avoir un papa.

Une fois la chanson terminée, j'ai éclaté en sanglots. Je pleurais à en avoir le hoquet. Je pleurais parce que Lena n'avait pas de papa, parce que mamie bis était morte, et parce que ma meilleure amie était partie sans me dire au revoir.

— Je ne me lèverai plus jamais !

Papa n'y voyait pas d'inconvénient. Il me monterait de quoi manger, même si je devais rester alité jusqu'à ma confirmation. Du coup, j'ai pleuré encore plus car c'était une vie horrible qui m'attendait.

— Plus jamais je ne serai content ? Plus jamais je ne retrouverai la joie de vivre ? j'ai demandé.

— Bien sûr que si, mon petit Trille, a répondu papa en me prenant sur ses genoux, comme si j'étais un bébé.

Je me suis finalement endormi ce soir-là, en espérant du fond du cœur que jamais, plus jamais je ne me réveillerais.

Papy et moi

Je me suis levé le lendemain.

– À quoi bon rester au lit, hein ? j'ai dit à papy, qui était entièrement d'accord avec moi.

– Eh non, mon petit Trille, ça ne sert pas à grand-chose, c'est moi qui te le dis.

Mais la joie de vivre n'est pas revenue pour autant, bien que j'aie pu avoir l'air content au bout de quelques jours. J'essayais de sourire à ceux qui étaient gentils envers moi, et de toute façon ils l'étaient tous, mais au fond de moi j'étais d'une tristesse insondable. De temps en temps, je m'arrêtais dans ce que j'étais en train de faire pour me demander comment tout avait pu changer si vite. Hier encore, Knert-Mathilde croulait sous les gaufres de mamie bis et les cris de Lena ; puis, comme par un coup de baguette magique, tout s'était volatilisé. Tout ce qui m'apportait de la joie de vivre, tout ce que j'aimais avait disparu. Je n'avais plus personne avec qui aller à l'école, plus personne avec qui jouer, à part Krølla, plus personne avec qui m'asseoir sur le rebord de la fenêtre du téléphérique. Au lieu de quoi, à l'intérieur de moi, il y avait une grosse boule douloureuse, impossible à déloger. Je sentais que cette boule était apparue surtout à cause du départ de Lena. Ç'avait tout changé. Les arbres ne servaient plus à grimper dedans, les pieds refusaient de courir. Lena a dû mettre aussi son grain de sel dans la nourriture car, tout à coup, plus rien n'avait de goût. Que je mange une tartine de pâté de foie ou une glace, c'était insipide. Au point que j'en vienne à me demander quelle était l'utilité de se nourrir. Quand j'en ai touché un mot à papy, il m'a proposé de me mettre au chou bouilli et à l'huile de foie de morue.

— Faut sauter sur l'occasion, mon garçon !

Car sinon, papy était ce que j'avais de mieux dans cette vie. Il comprenait tout, sans jamais m'assommer de questions. Et puis il était miné par le manque, lui aussi. On l'était tous, en fait. Mamie bis nous manquait, Lena nous manquait, la mère de Lena nous manquait. Mais c'était papy que le manque minait le plus. Le manque, il n'y avait que ça. De l'instant où on se levait jusqu'au moment où on se couchait.

Une semaine s'était écoulée et j'avais vécu mon premier jour d'école sans Lena. On était assis à la petite table de la cuisine, papy et moi, on écoutait le vent. J'avais été à l'école – et j'avais été seul sur le chemin de l'aller, seul sur le chemin du retour. En rentrant, j'étais trempé à cause de la neige fondue et des larmes. Il n'y avait que papy à la maison, il venait de faire du café chaud. J'ai eu droit à une demi-tasse avec dix morceaux de sucre. Il était pas croyable, papy! Dix morceaux de sucre!

Je lui ai parlé de ma journée. Les garçons de la classe trouvaient qu'on s'ennuyait comme des rats morts depuis que Lena était partie. Une ambiance bizarre, un silence flottaient dans la salle de classe, loin d'être aussi parfaite que ce qu'avait cru Kai-Tommy quand il avait prétendu que ce serait mieux sans fille.

Je n'ai rien dit pendant un petit moment, je tripatouillais les morceaux de sucre. J'avais un nœud à l'estomac à la seule pensée que Lena ne viendrait plus en classe avec moi.

– Papy… Lena me manque horriblement, ai-je fini par dire.

Et puis je me suis remis à pleurer.

Alors, papy m'a regardé d'un air sérieux et il m'a dit qu'éprouver le manque de quelqu'un était la sensation de tristesse la plus belle qui existe.

– Tu comprends, mon petit Trille, quand on est triste parce que quelqu'un nous manque, ça signifie qu'on aime cette personne. Et il n'y a rien de plus beau qu'aimer quelqu'un. Ceux qui nous manquent, on les porte dans notre cœur.

Il s'est frappé le torse avec le poing, ça a fait un bruit creux, sourd.

– Ah… j'ai dit, en me séchant les yeux avec ma manche. Mais hé, papy… on peut pas jouer avec les personnes qui sont dans notre cœur, ai-je soupiré en me frappant le torse à mon tour.

Papy a hoché lourdement la tête, il comprenait.

Après, on n'a plus rien dit lui et moi. Le vent soufflait contre la maison, il faisait du bruit pour deux. Je n'avais pas envie de sortir et faire de la luge tout seul.

Quand je suis remonté de chez papy, maman avait préparé mon plat préféré pour le dîner. C'était la troisième fois en une semaine. J'ai failli lui signaler que la nourriture n'avait plus aucun goût, mais au dernier moment je ne l'ai pas fait. Quand je suis allé me coucher, j'ai eu la sensation d'avoir renforcé mes zygomatiques : tous les muscles du sourire étaient tendus.

– Cher Dieu, redonne-moi le goût.

Le nœud de tristesse que j'avais à l'estomac m'empêchait entre autres de trouver le sommeil. Au lieu de quoi j'écoutais le mauvais temps.

Tout à coup, un claquement a résonné contre la vitre.

– À l'aide ! j'ai marmonné, terrorisé, en m'asseyant dans mon lit.

Nouveau claquement à la fenêtre. Ah, si seulement j'avais eu Jésus au-dessus de mon lit ! Je m'apprêtais à décamper pour me réfugier dans la chambre de papa et maman lorsque quelqu'un a pesté d'une voix qui se voulait chuchotante :

– Mais tu vas ouvrir, espèce de crétin des alpages !

J'ai couru à toutes jambes vers la fenêtre au point de quasiment m'envoler.

Qui était dehors, en pleine nuit ? Lena.

– T'es sourd ou lourd ? J'ai bien cru que j'allais

128

devoir casser une fenêtre pour que tu m'entendes!
a-t-elle pesté de plus belle quand j'ai ouvert.

Je n'ai rien répondu. Lena se tenait devant ma fenêtre, avec un sac sur le dos et un bonnet sur la tête, et j'avais l'impression que je ne l'avais plus vue depuis cent ans au moins. Je ne disais rien, elle non plus. Elle me regardait, j'étais en pyjama.

— Il caille dehors, a-t-elle fini par dire.

Peu de temps après, on buvait de l'eau tiède à la cuisine. On n'avait pas trouvé mieux pour faire le moins de bruit possible. Lena n'avait pas ôté son bonnet. Elle avait fugué, elle était sur les routes depuis de nombreuses heures, elle était gelée, elle claquait des dents.

— Je vais m'installer dans la grange.

— Dans la grange? Notre grange?

Elle a acquiescé. Puis elle a eu un hoquet. Je la voyais se démener, s'acharner pour paraître normale, et elle y est arrivée: pendant tout un moment elle est restée comme ça, malgré une expression étrange qui lui collait au visage. Mais finalement les larmes ont eu raison d'elle. Elle pleurait. Lena Lid pleurait!

— Lena… j'ai dit, en lui effleurant la joue.

Je ne savais pas quoi faire d'autre. Elle pour sa part aurait très bien pu avoir l'idée de me frapper si j'entreprenais de la consoler.

— Bon, t'as un sac de couchage, oui ou merde? a-t-elle demandé, avec son ton bourru.

— Oui, j'en ai un.

Cette nuit-là, quand je me suis recouché, j'étais le seul à savoir que ma meilleure amie était revenue à Knert-Mathilde. Elle était emmitouflée dans un duvet, sous une couverture et du foin, au fond de la grange. Et même si ça fiche drôlement les chocottes de se retrouver toute seule dans une grange plongée dans le noir, j'étais prêt à parier qu'elle dormait comme une souche. L'image de Jésus était posée sur le foin à côté d'elle, je n'avais jamais rien vécu d'aussi céleste, et jamais je n'avais été aussi content.

Chute de luge
avec double commotion cérébrale
plus une poule volante

Le lendemain, je ne me suis pas souvenu immédiatement de ce qui s'était passé pendant la nuit. Je ne ressentais qu'une chose : la joie de vivre. J'étais si content que, quand tout m'est revenu en mémoire, j'ai cru que j'avais rêvé. J'ai fait un bond dans mon lit. Le vent avait cessé, le fjord était calme, bleu clair et brillant comme un miroir. Tout était baigné de lumière par l'action conjuguée de la neige, de l'eau et du soleil. Jamais je n'avais vu ça.

Maman parlait au téléphone quand je suis descendu. Personne n'a remarqué que j'ai foncé dehors. J'ai sauté comme un cabri jusqu'à la grange. Il gelait à pierre fendre au point que la neige était recouverte de glace, et mon cœur était si léger que j'aurais pu prendre mon envol si j'avais pu, je crois.

Quand il fait si beau dehors, les rayons du soleil pénètrent partout dans la grange. On se croirait dans une église. Je me suis frayé un chemin jusque dans le coin où Lena avait passé la nuit, le plus loin de la porte, derrière un gros tas de foin. Le duvet et la couverture s'y trouvaient effectivement, l'image de Jésus aussi. Mais pas Lena.

– Lena ? j'ai appelé à voix basse, anxieux.

Et si j'avais vraiment rêvé ?

– Chuis là !

J'ai levé les yeux. Juste en dessous du toit j'ai vu Lena, perchée sur la poutre la plus haute. La seconde d'après, elle sautait.

Elle a dégringolé, roulé et atterri à mes pieds, dans le foin, sans une égratignure. J'ai souri. Lena aussi souriait.

– J'ose tout, moi ! fanfaronnait-elle. J'ai déjà sauté de tellement de choses élevées et pendant tellement d'années que c'en est devenu une habitude. Bon, c'est pas tout ça mais je crève de faim !

En remontant le sentier qui séparait la grange de la maison, je me suis pris à souhaiter être capable de faire une omelette. Ç'aurait été idéal comme repas pour quelqu'un qui vient de fuguer. J'ai croisé papy qui revenait de l'étable, il a été tout surpris en me voyant.

– En voilà un garçon qui a l'air content !

– Faut bien essayer de sourire quand il fait beau ! j'ai dit en toussotant.

Même papy ne devait rien savoir !

Maman ne parlait plus au téléphone. Papa et elle étaient assis à la table de la cuisine. Le café fumait, le soleil matinal illuminait la pièce.

– Viens t'asseoir, Trille, a dit maman.

Je n'en avais pas envie, mais je l'ai fait quand même. Mes parents me regardaient d'un air grave.

– Je viens juste d'avoir une longue conversation avec la mère de Lena. Lena n'était pas dans son lit ce matin, au réveil.

J'ai fait tourner mon assiette.

– Tu sais où elle est ? a demandé papa.

– Non, j'ai répondu, en commençant à me beurrer une tartine.

Un interminable silence s'est étiré.

– Trille, a fini par dire maman, la mère de Lena est terriblement inquiète. Tout le monde la cherche. La police aussi. Est-ce que tu sais où elle est ?

– Non !

Cette fois, non seulement je venais de le crier, mais en plus de frapper du poing sur la table. J'étais tellement en colère que j'aurais pu démolir une maison. Personne ne viendrait reprendre Lena ! Et même si toutes les polices du monde entier débarquaient à Knert-Mathilde, Lena s'échapperait à nouveau. Excédé, j'ai quitté la cuisine en tapant des pieds. Jamais il n'aurait fallu avoir inventé les grandes personnes ! Mais c'est vrai quoi, elles emmènent leurs enfants, ici, là, comme ça leur chante, alors que les enfants, eux, ne le veulent pas et n'ont pas leur mot à dire !

J'ai compris qu'ils allaient entamer des recherches pour retrouver Lena. Oh, pourquoi tout devait être aussi compliqué ?! Est-ce qu'il n'y avait pas une cachette qui soit sûre ? Dans ma tête j'ai fouillé tout Knert-Mathilde, mais n'en ai pas trouvé une seule.

— Le chalet ? j'ai fini par marmonner, à haute voix.

Ce serait donc le chalet.

J'ai rassemblé le strict nécessaire que j'ai fourré dans un sac plastique pendant que personne ne me regardait : des allumettes, un pain, du beurre, des grosses chaussettes, une corde, une pelle et les clés du chalet. Tout s'est passé très vite. Ceci fait, j'ai sorti ma luge de sa place attitrée, sous l'escalier, j'ai posé mon balluchon par-dessus, caché sous une couverture. Maintenant, il ne restait plus qu'à changer en douce Lena d'endroit.

— Où est-ce que tu as l'intention d'aller, Trille ? a demandé papa alors que j'enfilais ma doudoune.

— J'ai l'intention de m'amuser et d'aller faire de la luge ! j'ai répondu, furieux.

Arrivé à la grange, j'ai posé la luge tout contre la porte.

Entre-temps, Lena était allée chercher une des poules.

— Qu'est-ce que tu comptes en faire ? j'ai voulu savoir, en voyant qu'il s'agissait de N° 7.

Lena m'a expliqué qu'elle ne comptait pas mourir de faim, et ce n'était pas avec les kilos de nourriture que j'avais rapportés qu'elle allait survivre, alors que les poules, elles, pondent au moins un œuf de temps en temps. J'ai haussé les épaules.

Puis je lui ai tout raconté. Lena a regardé ailleurs.

– Faisons ça, a-t-elle dit au bout d'un moment.
Je vais m'installer dans le chalet.

Elle avait une voix bizarre, pâteuse.

– Sauf que… ils vont nous voir, Trille, quand on
va grimper la colline.

Elle avait raison. Il n'y avait que des collines complètement nues jusque chez Jon de la Côte.

– J'ai bien peur que tu doives nous tirer, Trille,
a souri Lena.

Et, zim, ni une ni deux elle s'est glissée avec N° 7
sous la couverture, rejoignant le beurre, le pain et
tout le bastringue.

– Et je t'avertis, t'as pas intérêt à donner l'impression que c'est lourd ! Il faut qu'ils n'aient aucun
soupçon ! m'a ordonné ma meilleure amie.

Qu'ils n'aient aucun soupçon… Facile à dire !
Je me disais en moi-même : tu penses bien que ça
fait belle lurette qu'ils en ont, des soupçons. Papy
en avait, lui, en tout cas. Sous le balcon où il se trouvait, il n'a pas perdu une miette de mes faits et gestes
au moment où j'ai sorti la luge de la grange. J'ai serré
les dents, enroulé la corde en faisant un tour supplé-
mentaire autour de mon poignet et, plein d'entrain,
je me suis mis en route.

Lena, je crois l'avoir dit, n'est pas grande. N'empêche que c'était curieux : je tirais de toutes mes
forces, la sueur me dégoulinait de partout tellement
je tirais, je faisais mon possible pour donner l'impression que je tirais la luge la plus légère du monde,
seulement voilà, ce n'était pas du tout la luge la
plus légère du monde. Mais bien l'une des plus
lourdes.

– Hue, dada ! me lançait Lena sous la couverture, à intervalles réguliers.

Heureusement que la neige était gelée ! D'ailleurs, je n'ai jamais vu ça : je ne laissais pas une trace sur mon passage.

On n'était jamais montés avec la luge jusque chez Jon de la Côte. Pas un seul hiver. À chaque fois le courage nous avait manqué. Et surtout Lena. Elle n'aime que les descentes et trouve qu'un tire-fesses aurait dû être aménagé à Knert-Mathilde depuis des lustres. On était déjà très haut alors qu'il nous restait encore une sacrée trotte avant d'atteindre la maison de Jon de la Côte. Si ce n'avait été ma meilleure amie que je tirais, jamais je n'aurais réussi. Mais Lena était revenue, et la seule pensée qu'elle me soit confisquée à nouveau m'était insupportable.

De temps en temps, je me retournais pour vérifier si quelqu'un nous suivait. La silhouette de papy, toujours debout près de la grange, rapetissait à mesure que nous gagnions de l'altitude. Au bout d'un moment, il était réduit à l'état de point minuscule. Quand enfin j'ai pu m'adosser au mur de la maison de Jon de la Côte, le point s'était quasiment effacé.

– Lena, regarde la vue, ai-je dit, essoufflé.

– Je vois, a répondu Lena en sortant la tête de sous la couverture où N° 7 caquetait de colère.

Lena et moi avions une vue plongeante sur la baie – sur Knert-Mathilde, notre royaume. Le soleil, qui venait de s'éclipser derrière les montagnes, teintait de rose le ciel en surplomb du fjord. Pas une ridule ne fronçait la surface de l'eau. Une colonne de fumée montait de la cheminée de notre maison. Et bien qu'il soit encore tôt, le ciel avait sorti une étoile de sa boîte magique.

– Tu penses à quoi ? j'ai demandé, le corps exténué et la tête tout entière accaparée par de grandes pensées et par le panorama qui s'offrait à nous.

Lena a posé son menton dans ses mains.

– Je pense… a-t-elle commencé d'une voix traînante. Je pense que c'est un scandale.

– Un scandale ?

– Oui, un scandale. C'est scandaleux d'être montés aussi haut, jusque chez Jon de la Côte, tu te rends compte ? Jamais on est montés aussi haut, on a une descente hallucinante devant nous, avec une neige du tonnerre, on a une poule et une luge, et on peut même pas s'élancer. Et ça c'est scandaleux, je trouve !

Cette dernière phrase, elle l'a criée.

Je me suis gratté la tête.

– Mais dis-moi, Lena, tu ne veux pas habiter dans le chalet ?

Mes genoux tremblaient d'épuisement. Lena était immobile. L'hiver rendait le monde entier immobile.

– Je veux habiter à Knert-Mathilde ! s'est-elle exclamée sous la couverture, avec un ton de voix qui ne laissait aucun doute planer sur le sérieux de ses intentions. Et je veux faire de la luge, voilà ! a-t-elle ajouté en se redressant d'un geste déterminé.

Avant même que j'aie eu le temps de reprendre mes esprits, elle avait retourné la luge qu'elle tenait au-dessus de sa tête, le beurre et le pain s'effondrant sur la neige. Elle s'est assise au bout de la planche, histoire de me montrer qu'il y avait aussi de la place pour moi. Lena et moi n'avions pas une seule fois fait de la luge de tout l'hiver, on avait été trop tristes pour ça.

— Bon, qu'est-ce que t'attends pour t'asseoir ? Tu vas rester là planté comme un piquet maintenant que tu m'as tirée jusqu'ici ? En plus, il faut quelqu'un pour tenir la poule.

Les yeux de Lena s'étaient rétrécis. J'ai contemplé la descente. La glace brillait comme une patinoire. Quelle personne avec trois sous de jugeote refuserait de s'élancer ? D'une main, je me suis accroché à la taille de Lena pendant que, de l'autre, je serrais N° 7 tout contre moi.

— Yiha ! avons-nous crié en chœur.

— Vous n'avez jamais été bien normaux vous deux, a déclaré Magnus, quelques jours plus tard, quand Lena et moi étions suffisamment remis de nos émotions pour pouvoir rejoindre la table de la cuisine et manger avec les autres.

— Il était bigrement temps que Trille essaie lui aussi d'avoir une petite commotion cérébrale, a marmonné Lena avec son air revêche.

En ce qui la concernait, soutenait-elle, c'était comme une seconde nature. J'ai souri. J'étais content de la tête aux pieds, oui, jusqu'au petit orteil. La commotion cérébrale que nous avions eue l'un comme l'autre était le cadet de mes soucis.

— Mais comment c'était, cette descente en luge ? a voulu savoir Minda, intéressée.

J'ai haussé les épaules. Ni Lena ni moi ne nous souvenions de ce qui s'était passé.

Mais papy, oui. Il avait assisté à la scène puisqu'il se trouvait à ce moment-là devant la grange.

— Je vais te le dire, moi, Minda. Ils ont dévalé la colline à une de ces vitesses, c'est bien simple : on aurait cru un lancer de roquette. J'ai jamais vu ça de ma vie !

Lena mâchait, pensive.

— Pfff… elle a fait. Quelle plaie que je me rappelle de rien !

Sur ce elle a demandé à papy de raconter, sûrement pour la dixième fois, comment il nous avait aperçus, Lena, N° 7 et moi, partir comme des bolides de chez Jon de la Côte si bien qu'il s'était exclamé dans sa tête : « Nom de Dieu de bon Dieu ! » car il a vu qu'on prenait de plus en plus de vitesse et il a entendu la poule caqueter et Lena et moi hurler « Ouaiiis ! » jusqu'à environ la moitié de la descente. À partir de là, la poule est soudain devenue muette tandis que Lena et moi venions de changer de cri, préférant un « oooooh ! » – ce pour quoi on avait de bonnes raisons, il est vrai. Parce que, même si on n'avait pas construit de tremplin, on déboulait tellement vite qu'on avait assez d'élan pour sauter par-dessus la route.

— Ils ont eu un envol superbe, ça on ne peut pas leur enlever : notre petite voisine a atterri la tête la première dans le bonhomme de neige de Krølla, et notre petit Trille s'est écrasé la figure dans la haie. La poule a voltigé dans les airs et la luge a fait « bang ! » contre la façade !

Papy a allié le geste à la parole en tapant dans ses mains pour montrer la violence de l'impact.

— Et pile à ce moment-là maman a débarqué.

— Eh oui, c'est sur ces entrefaites que ta maman a débarqué. Et crois-moi qu'elle a fait le ménage !

Les autres ont continué à papoter. De mon côté, j'étais en quelque sorte replié en moi. J'étais content et rien d'autre. Lena n'était plus ma voisine. Elle ne le serait plus pendant longtemps. Elle venait d'emménager chez nous. Et dire que les grandes personnes peuvent arranger les choses si seulement elles le veulent ! Après, j'avais demandé à maman si elle savait faire des tours de magie.

— La mère de Lena et moi, on connaît deux ou trois tours, oui. Et là, mon petit Trille d'amour, le tour qu'on a choisi va permettre à Lena de vivre chez nous jusqu'à l'été, et pendant ce temps sa mère finira son école.

— Abracadabra ! a souri Lena Lid.

Jon de la Côte
et Poulichonne de la Côte

Avoir Lena chez nous était encore mieux que de
l'avoir comme voisine, même si j'aurais bien aimé
qu'elle me rende l'image de Jésus. Elle l'avait accrochée au-dessus de son nouveau lit.

— Elle te la rendra, mon petit Trille d'amour, m'a
dit maman lorsque je lui en ai touché un mot. Peut-
être que Lena en a besoin en ce moment.

— D'accord, mais… maintenant qu'elle est revenue à Knert-Mathilde et qu'elle va bien…

Maman m'a alors expliqué que Lena avait beau
ne pas en parler, sa mère devait certainement lui
manquer. Surtout quand elle allait se coucher, le soir.

— Sauf qu'elle n'en parle jamais, j'ai protesté.

— Ah bon ? Lena ne parle jamais de ces choses-
là ?

Je me suis accordé deux minutes de réflexion
avant de secouer la tête. Il y avait tant de choses que
Lena passait sous silence.

– Par exemple, elle ne m'a jamais dit que je suis son meilleur ami. Tu crois que je le suis vraiment ?

Maman a souri.

– Oui, mon petit Trille d'amour, je le crois.

– Mais on peut pas en être sûr, sûr, sûr…

Non, certes, tant qu'elle ne le disait pas, on ne pouvait pas en être sûr et certain. Maman était forcée de l'admettre.

Mais à mon avis, Lena n'était pas si mécontente que ça.

– C'est pas bien que je me sois installée ici ? demandait-elle souvent, avec un sourire jusqu'aux oreilles.

– Bonté divine, bien sûr que si, petite voisine ! rétorquait papy. Notre petit Trille et moi, on commençait à s'ennuyer à cent sous de l'heure toute la semaine sans toi.

On s'amusait comme des petits fous, Lena et moi, dès qu'on était avec papy. On rigolait tellement qu'on trouvait qu'on ne rentrait pas assez vite à la maison, après l'école. Un jour où justement on venait de rentrer, on était en train de se débarrasser de nos cartables, papy nous a demandé si on avait envie de retourner chez Jon de la Côte. La neige avait fondu, on n'avait pas besoin d'y aller en luge, les vélos suffiraient.

Sauf que pédaler jusque chez Jon de la Côte derrière la mob tip-top de papy, « retapée et poulottée » comme il dit, était presque aussi crevant que de tirer Lena de bas en haut sur une luge. Papy roulait à fond les manettes tout en se moquant de nous qui essayions de le suivre. À partir de ce jour-là, Lena et moi, on a rebaptisé Jon de la Côte Jon du Point de Côté.

Quand il était encore jeune, Jon du Point de Côté était marin. Il a perdu un œil dans un accident. Depuis, il porte un bandeau de pirate.

– Je ne vois que la moitié du monde et j'en remercie Dieu tous les jours, dit-il régulièrement.

Les enfants ont souvent peur de lui, à cause de son bandeau, mais Lena tout comme moi, on sait que Jon du Point de Côté ne ferait pas de mal à une mouche, même celles qui piquent. Au contraire, il y a plein de bonnes choses à découvrir chez lui, et surtout Poulichonne, sa jument, appelée ainsi parce qu'elle a la robe blanchâtre donc pâlichonne, et surnommée ensuite Poulichonne de la Côte à cause de Jon. Poulichonne passe ses étés à manger à la lisière de la forêt, et elle passe ses hivers à manger dans la stalle de l'écurie.

– Cette jument est tellement intelligente qu'on l'entendrait presque réciter des psaumes quand elle hennit, a l'habitude de dire papy.

Quand nous sommes enfin arrivés, papy et Jon du Point de Côté se sont installés sur le perron pendant que Lena et moi, on a couru à l'écurie.

– Je voudrais pas dire mais elle m'a l'air un peu chiante sur les bords, ta bourrique, a dit Lena en passant une tête dans la pénombre.

– Elle est intelligente, j'ai répliqué.

– Qu'est-ce t'en sais ? Tu peux hennir peut-être ?

Non, je ne le pouvais pas. Mais je savais que Poulichonne était intelligente, c'était amplement suffisant, il ne servait à rien d'essayer de l'expliquer à Lena.

On est restés tout un moment avec Poulichonne. On l'a caressée, on lui a parlé, et Lena lui a donné un bonbon. En voyant ça, je me suis dit : y a pas à tortiller, Poulichonne est le meilleur cheval de la terre entière.

– Elle a même mangé un bonbon, j'ai raconté à papy en retournant à la mob tip-top.

– Ça risque fort d'être le dernier, a fait remarquer papy en attachant son casque.

– Qu'est-ce que tu veux dire ? j'ai demandé, étonné – mais comme papy avait déjà démarré son engin, je n'ai rien entendu de ce qu'il m'a répondu.

Quand enfin on est arrivés à la maison et que le moteur ne faisait plus de boucan, j'ai couru retrouver papy et je lui ai pris la main.

– Qu'est-ce que tu voulais dire par « ça risque fort d'être le dernier » ?

Après un léger grognement, papy nous a expliqué que Jon du Point de Côté était désormais si vieux qu'il était forcé d'aller en maison de retraite. Quant à Poulichonne, elle était si vieille que personne ne voulait plus d'elle.

– Être vieux est déjà merdique en soi, alors là… a marmonné papy dans sa barbe en me claquant la porte au nez.

– Mais qu'est-ce qu'ils vont faire de Poulichonne ? j'ai crié devant la porte fermée.

Papy n'a pas répondu. Il est resté calfeutré chez lui, à remâcher sa colère à cause des gens et des chevaux qui vieillissaient. Mais Lena, elle, elle a répondu. Et à très haute et très intelligible voix.

– Les maisons de retraite pour chevaux n'existent

144

pas. Donc elle va être conduite à l'abattoir, tu comprends ?

– Ils ont pas le droit ! j'ai fini par hurler, en me calant sur le niveau sonore auquel la voix de Lena est réglée d'habitude.

Et je ne m'en suis pas caché à maman : les yeux pleins de larmes, je lui ai dit qu'ils n'avaient pas le droit de tuer les chevaux aussi intelligents que Poulichonne. Et je l'ai redit à papa en criant qu'ils n'avaient pas le droit de laisser faire.

– Nan, i zont pas le droit, a approuvé Krølla d'un air grave.

– Mais mon petit Trille d'amour, toute l'année on envoie des moutons à l'abattoir et tu ne fais pas un foin pareil ! a répondu maman en essayant de sécher mes larmes.

– D'abord Poulichonne c'est pas un mouton !

Ils ne comprenaient décidément rien à rien.

Le lendemain, je n'arrivais toujours pas à m'ôter Poulichonne de la tête. Poulichonne, cette gentille jument qui n'avait jamais rien fait de mal de sa vie et qui allait mourir sous prétexte que des gens l'avaient décidé. Pendant l'heure de maths, j'ai failli me remettre à pleurer devant tout le monde. J'aurais eu l'air malin ! J'ai jeté un coup d'œil du côté de Lena, j'ai vu qu'elle regardait par la fenêtre. Les maisons de retraite pour chevaux n'existent pas – c'est ce qu'elle avait dit. Brusquement, j'ai bondi de ma chaise qui au passage est tombée à la renverse.

– Ellisiv… je me suis écrié, paniqué, Lena et moi il nous faut absolument notre journée !

Lena ignorait complètement de quoi je parlais. Pourtant, elle a rangé fissa son livre de maths dans son cartable et elle a déclaré, avec une mine d'enterrement :

– C'est une question de vie ou de mort !

Et, pendant que Ellisiv et les autres élèves nous regardaient en écarquillant les yeux de surprise, Lena et moi sommes sortis en trombe de la salle de classe avec nos cartables à moitié fermés.

– T'as le feu aux fesses, ou quoi ? ronchonnait Lena quand on a atteint la forêt.

– On va ouvrir une maison de retraite pour chevaux ! je lui ai crié, tout excité.

Lena s'est arrêtée net. À part le chant des oiseaux et nos halètements, le silence était total. Je l'ai regardée, un peu angoissé. Peut-être que l'idée n'allait pas lui plaire ? Mais c'est là qu'elle a dit, le visage rayonnant :

– C'est drôlement bien que tu aies eu cette idée pile en cours de maths, Trille !

Il n'y avait que papy à la maison quand on est rentrés. Parfait. Papy était en effet le seul à pouvoir nous aider dans cette affaire. Je me suis assis à côté de lui sous la terrasse.

– On pourrait installer Poulichonne dans la vieille stalle, papy. Elle pourrait vivre ici ! T'imagines comme il serait content, Jon du Point de Côté, s'il savait qu'en fin de compte Poulichonne ne va pas à l'abattoir ? Je faucherai de l'herbe, je ferai les foins, je m'occuperai d'elle, je lui donnerai de la farine et tout et tout, et même Lena pourra donner un coup de main. Pas vrai, Lena ?

Lena s'est contentée de hausser les épaules. Oui, elle pouvait toujours filer un petit coup de main à l'occasion pour cette vieille bourrique. J'ai compris qu'elle était surtout ravie d'être passée au travers de l'heure de maths.

— Et peut-être que toi aussi tu peux nous donner un petit coup de main, hein, papy ? ai-je demandé dans un filet de voix, en osant à peine le regarder.

Il s'est frotté les genoux pendant tout un moment avec ses mains burinées et hâlées, le regard fixe et pensif dirigé vers la mer.

— Par exemple, tu pourrais être celui qui, parmi les adultes, nous donne la permission ? ai-je cette fois demandé, du bout des lèvres.

C'était tellement difficile de poser cette question. Je sentais que les larmes pouvaient d'une minute à l'autre se remettre à couler et je me démenais pour les retenir. Papy m'a regardé sans ciller, sans rien dire pendant de longues minutes.

— Et crotte à la fin… Pourquoi est-ce que notre petit Trille et notre petite voisine n'arriveraient pas à s'occuper d'une jument ?

On avait cette fois-ci deux bonnes raisons, Lena et moi, d'avoir la permission de nous installer dans la caisse de la mob tip-top de papy. Primo, il fallait qu'on arrive à temps chez Jon du Point de Côté, c'est-à-dire avant que le camion de l'abattoir ne vienne chercher Poulichonne. Secundo, il fallait qu'on arrive à temps chez Jon du Point de Côté, c'est-à-dire avant que papy ne change d'avis.

— Là, je suis en train de perdre complètement les

pédales, a dit papy, sans jeu de mots, sur sa mob tip-top.

Quand on est arrivés dans la cour de la Ferme de la Côte, papy a aussitôt donné un coup de frein. Il y avait déjà une voiture. Celle de Vera Johansen. Jon du Point de Côté n'est autre que son oncle. Elle était en train de l'aider à ranger ses affaires et à faire le ménage en attendant qu'il parte en maison de retraite. Papy a fourré ses mains dans les poches de son bleu de travail et a salué silencieusement son meilleur ami.

– Notre petit Trille a quelque chose à te demander, a-t-il dit en toussotant et me poussant dans la pièce.

– Je… ai-je murmuré. Je voulais juste savoir si tu serais d'accord pour me donner Poulichonne. Tu vois, Lena, papy et moi, on va ouvrir une maison de retraite pour chevaux et je…

On entendait une mouche voler. C'était à peine si j'osais lever les yeux sur Jon du Point de Côté. Il s'est frotté d'un geste rapide son œil valide.

– Que Dieu te bénisse, mon garçon. Mais la jument est déjà partie avec le ferry il y a vingt minutes de cela.

Là, debout devant Jon du Point de Côté, en fixant son œil triste, j'ai cru que plus jamais de ma vie je ne retrouverais la joie de vivre – exactement comme le jour où Lena est partie. Et Lena, justement, m'a sonné les cloches :

– Hé ho ! On se réveille là-dedans ! a-t-elle clai-ronné en me tirant par la manche de mon blouson. C'est pas une maison de retraite qu'on est censés ouvrir ?

À ces mots, elle est sortie en trombe. Papy et moi ne pouvions pas faire autrement que de lui emboîter le pas. Au moment où papy a démarré sa mob tiptop, Jon du Point de Côté est apparu sur le perron en boitillant. Quand il nous a fait au revoir, il y avait tellement de sentiments qui se lisaient sur son visage.

– Fonce, papy ! j'ai crié. Fonce comme un dératé !

Et papy a foncé.

Pour la première fois, j'ai compris pourquoi maman ne voulait pas qu'on roule avec lui, installés dans cette caisse. Même Lena n'avait pas l'air très rassurée quand on a commencé à dévaler la colline. On filait à toute berzingue dans les descentes, on faisait des bonds de deux mètres de haut à cause des nids-de-poule, à tel point que je me suis mordu la langue à trois reprises. Et pourtant, on n'allait pas assez vite.

– Grouille-toi ! Le ferry vient de baisser la barrière ! j'ai crié.

– Reviens, abruti de ferry ! a crié Lena.

On a sauté de la caisse et on a fait des grands signes en agitant les bras.

Le capitaine nous a vus et peut-être même qu'il a vu papy faire des petits gestes lui aussi. Toujours est-il qu'il est revenu. Le ferry a cogné contre le quai, puis Birger le Moussaillon nous a aidés à monter à bord. Papa devait être en pause déjeuner car je ne le voyais nulle part.

– Je crois qu'il vaut mieux que tu ne dises pas à papa qu'on est ici en ce moment, j'ai dit à Birger le Moussaillon.

– Et pourquoi pas ? a-t-il voulu savoir.

– C'est une surprise, s'est empressée de répondre Lena. C'est son anniversaire aujourd'hui.

Birger le Moussaillon a regardé papy qui a hoché la tête d'un air grave.

– Oui, t'as même plutôt intérêt à être aimable avec mon fiston, il vient d'avoir quarante-quatre ans, a-t-il dit en donnant une tape retentissante dans le dos de Birger le Moussaillon au point que sa sacoche à billets a cliqueté.

J'ai dévisagé papy et Lena avec une mine paniquée. Ce n'était pas l'anniversaire de papa aujourd'hui !

– De temps en temps, mon petit Trille, il est sain de raconter des bobards, a dit papy ensuite. L'avantage pour ton papa, c'est que Birger le Moussaillon va peut-être avoir la bonne idée de se décarcasser pour lui offrir un cadeau et un bout de gâteau.

Je crois bien que jamais atteindre la ville n'a pris autant de temps. J'ai passé la traversée le nez collé au-dessus de la rampe d'accès, trouvant qu'on avançait à une vitesse d'escargot. Car chaque minute qui s'écoulait correspondait à autant de mètres rapprochant Poulichonne de l'abattoir. Je gémissais :

– On n'y arrivera jamais. Oh là là, j'ai presque envie de sauter par-dessus bord et de nager, au moins ça irait plus vite.

– Si tu veux barboter au milieu du fjord sans gilet de sauvetage, là c'est sûr que tu n'y arriveras pas, mon coco ! m'a informé Lena.

Papy regardait sa montre.

Quand enfin on a mis pied à terre, papy a roulé encore plus vite, mais non sans avoir jeté une couverture sur Lena et moi pour que personne ne puisse nous voir. À commencer par la police. De mon côté, je pensais que la liste des choses qu'on n'avait pas le droit de faire s'allongeait drôlement : on avait séché l'heure de maths, menti à Birger le Moussaillon, ouvert une maison de retraite sans autorisation, pris place dans la caisse de la mobylette à la fois pour descendre la colline et pour traverser la ville. C'était à en pleurer. Mais en même temps, j'imaginais cette pauvre Poulichonne…

– Cher Dieu, fais en sorte qu'on y arrive !

– Vous deux, vous ne bougez pas d'ici, nous a dit papy d'une voix sévère quand on est arrivés à l'abattoir.

Sur ce, il est entré dans les bâtiments en bleu et en sabots. Lena et moi, on attendait sur un grand parking. C'était donc là qu'on envoyait nos moutons tous les automnes, j'ai pensé, en ayant aussitôt mal au ventre. Aucun bruit particulier n'était perceptible.

– Peut-être qu'elle a déjà été transformée en saucisson, qu'elle n'attend plus que d'être nappée de mayonnaise… a dit Lena au bout d'un moment.

– Oh, la ferme, hein ! ai-je marmonné, furieux.

Le hic, c'était que Poulichonne était arrivée presque une heure avant nous. Elle ne vivait sûrement plus. Pourquoi papy ne revenait pas ? Est-ce qu'il n'avait pas le cœur de me raconter la vérité ? Je n'ai pas pu m'en empêcher, les larmes me sont montées aux yeux. Lena donnait des coups de pied dans le bitume avec le bout de sa chaussure, en faisant comme si elle n'avait rien vu.

Puis la porte s'est ouverte, et papy est enfin ressorti – sans Poulichonne.

– Oh naaan ! j'ai fait.

– Du calme, mon petit Trille. Je pouvais pas non plus la faire sortir par les bureaux. Faut qu'on contourne le bâtiment pour aller la chercher.

Et donc on avait réussi, malgré tout. Mais il s'en était fallu d'un poil… de jument, avait insisté papy en souriant. Soudain, je me retrouvais avec ma jument à moi sur un immense parking. Incroyable qu'on puisse être aussi content que ça !

On formait à n'en pas douter un drôle de cortège quand on a traversé la ville en sens inverse. Papy ouvrant la marche sur sa mob tip-top, moi qui le suivais en tenant Poulichonne avec une longe, et enfin Lena, qui nous rapportait les faits et gestes de la jument chaque fois que, selon Lena, elle donnait des signes de vouloir faire ses besoins. Mais Poulichonne n'a pas eu envie – du moins pas avant qu'on ait rejoint la file d'attente pour reprendre le ferry. Là, on s'est placés en file indienne derrière une Mercedes noire : papy sur sa mobylette, moi avec ma jument, puis Lena en dernier.

– Ça y est, là c'est bon, ça va pleuvoir du crottin ! s'est exclamée Lena, aux anges.

Les gens nous regardaient bizarrement, et au fond de moi j'étais content d'avoir trouvé une jument aussi raisonnable et mignonne que Poulichonne, qui se tenait là bien sage, sans quoi ç'aurait créé un tapage pas possible.

Mais en parlant de tapage, justement, il n'allait

pas tarder à se produire puisque papa n'était plus en pause déjeuner. Je l'ai vu en tête du ferry quand celui-ci a accosté. Dès qu'il nous a aperçus, il en est resté bouche bée au point que ses dents de sagesse étaient visibles jusque sur le quai. Il était tellement abasourdi qu'il en a oublié de faire signe à la Mercedes et aux autres voitures. Elles ont tout de même démarré et nous on a suivi papa sur le milieu du pont. Une couronne d'anniversaire sortait de la poche de son pantalon. On l'a dépassé les uns après les autres : la voiture en vrombissant, papy en claquant des sabots, Poulichonne et moi sans que j'ose regarder papa dans les yeux, et enfin Lena avec un sourire jusqu'aux oreilles.

Papa s'est d'abord occupé de la Mercedes, histoire de se remettre les idées en place. Puis il s'est posté devant la mob tip-top de papy. En plus d'avoir le visage cramoisi, il avait visiblement préparé un petit laïus. Mais papy l'a pris de court en descendant de sa mobylette, en sortant son portefeuille et en disant :

— Quatre billets s'il vous plaît : un tarif retraité, deux tarifs enfants, et un dernier tarif cheval.

— Et joyeux anniversaire ! a ajouté Lena.

Ce jour-là, papa nous a dit qu'il allait être mis en préretraite bien avant terme, tout ça par notre faute. Selon Lena ce n'était pas grave du tout, il y avait largement de la place dans notre maison de retraite. Même si elle était d'abord réservée aux chevaux.

Lena et moi jouons
à la Seconde Guerre mondiale

C'est bien beau d'avoir une jument, disait maman sur un ton de reproche – et tant pis si ça l'était justement : beau, très beau même. Papa tout comme elle ont piqué une colère noire. Et si ce n'avait été grâce à papy, je crois bien que j'aurais été obligé de restituer Poulichonne. Heureusement, ça n'est pas arrivé, papy leur a fait entendre raison. Et bien qu'ils ne laissent rien paraître, je voyais bien que mes parents trouvaient en fin de compte que c'était une jument mignonne et adorable comme tout qui avait élu domicile dans la vieille stalle.

Et la vie a lentement repris son cours normal. Mars s'approchait à grands pas et je m'étais habitué tant à Poulichonne qu'à Lena. Les week-ends, Lena partait en ville, rejoindre sa mère, et celle-ci venait régulièrement nous rendre visite, l'après-midi. Il ne se passait quasiment pas une journée sans que j'y pense : à quel point j'étais content que Lena se soit installée chez nous, pour de vrai. Ça me faisait un tel bien de ne pas avoir à me sentir seul, à être triste.

Il s'est ensuite écoulé toute une période sans remue-ménage ni rien. Après le raffut causé par l'arrivée de Poulichonne, on s'est tenus à carreau pendant plusieurs semaines, Lena et moi, nous comportant comme des anges.

— On en deviendrait presque nerveux, a dit papa un jour alors qu'on était en train de dîner. C'est pas normal, ce calme plat qui règne à Knert-Mathilde.

Je n'en mettrais pas ma main à couper, mais je pense que c'est le commentaire de papa qui a donné à Lena cette idée de génie, pendant qu'on débarrassait la table. Soudain, elle a suspendu son geste et s'est immobilisée devant notre radio.

— On va l'enterrer, Trille.

— Enterrer la radio ?

— Oui, comme ce que mamie bis nous avait raconté. On va l'enterrer et on va jouer à la guerre.

Moi je trouvais ça bien de choisir une occupation dont mamie bis nous avait parlé. Je suis sûr que ça lui plaisait, là où elle était dans le ciel. Mais quand même : on faisait un truc interdit, et tellement interdit qu'on en avait des frissons partout. Selon Lena, c'était ça le mieux parce que alors on comprenait vraiment ce que vivre en temps de guerre voulait dire, ça ne pouvait que nous mettre du plomb dans la cervelle. Et, d'un coup d'un seul, tous les habitants de Knert-Mathilde ont été transformés en Allemands sans qu'ils le sachent eux-mêmes. Lena et moi, on était les deux seuls Norvégiens qui restaient et donc on se faufilait comme des espions en mission.

— Planque-toi parce que s'ils nous voient on va être de corvée de commissions ! m'avertissait Lena.

À côté de la cour aux poules, on a creusé un trou qui, malgré le travail de titan qu'il nous a occasionné, a fini par être grand et profond. Si grand et si profond qu'on a décidé de rassembler l'ensemble des radios de Knert-Mathilde.

Les gens possèdent davantage de radios aujourd'hui qu'autrefois, quand mamie bis était encore jeune. On avait la radio dans la salle de bains, une chaîne hi-fi dans le salon ; Magnus avait un transistor de poche, Minda un lecteur de CD qui faisait aussi radio et enfin papy avait toujours son vieux poste de radio hyper imposant dans son genre.

— Oh là là ! je me suis exclamé, plusieurs fois de suite, une fois qu'on a eu localisé toutes les radios.

— Oui, c'est vrai que ça fait un peu beaucoup… Mais bon, ce serait trop bête d'avoir creusé un trou aussi profond et de ne pas le remplir à ras bord, a décidé Lena.

On a dû être particulièrement fortiches pour jouer à la guerre, Lena et moi, vu qu'on a réussi à subtiliser l'ensemble des radios sans que personne ne s'aperçoive de notre manège. Au final, ça faisait une collection gigantesque. Même la grosse chaîne stéréo du salon, on a réussi à la transbahuter jusqu'au trou sans être découverts.

— Bon, et maintenant ? On les recouvre ? a demandé Lena après qu'on a ajouté la radio de poche de Magnus.

– Ça va pas les bousiller ? j'ai demandé.

Lena estimait que les radios devaient être des machins sacrément résistants étant donné ce qu'elles avaient dû endurer pendant la guerre où c'était la misère généralisée.

Et donc on a posé un sac-poubelle sur le tas de radios, puis un peu de terre par-dessus. Sur ce, on a décampé ni une ni deux pour mieux aller espionner les Allemands.

D'abord, on s'est planqués derrière la porte de la cuisine et on a vu maman qui fouillait partout, à la recherche de sa radio. Ensuite on est descendus chez papy, qu'on a trouvé dans le milieu du salon, il se grattait la tête.

– Y a quelque chose qui va pas, papy ? j'ai demandé, en jouant les innocents.

– Je suis devenu sénile, mon petit Trille. Figure-toi que je me souviens encore très nettement d'avoir eu une radio pas plus tard que ce matin, alors que maintenant elle a disparu. Et qui, sinon moi, peut avoir déplacé un engin aussi délabré que celui-là ?

Lena s'est aussitôt volatilisée comme une mouche. Je l'ai retrouvée derrière l'écurie en train de se rouler par terre et de se tordre de rire.

Seulement voilà, les Allemands n'ont pas tardé à se consulter. Maman a consulté papy, qui a consulté Minda, qui a consulté Magnus, qui a consulté papa. Tous ces pourparlers se sont finis en conseil de famille dans notre cuisine, où ils discutaient à tort et à travers des radios disparues. On les écoutait, Lena et moi, assis sur l'escalier qui mène au premier.

— Tu crois qu'ils vont nous soupçonner ? a chuchoté Lena.

— J'ai bien peur que oui, j'ai marmonné, lucide.

On a décidé de prendre la fuite. C'est ce que les gens faisaient pendant la guerre : ils partaient en Suède où ils devenaient des réfugiés. Et on devait s'échapper illico presto car les Allemands commençaient déjà à nous chercher.

— C'est ça, Trille, prends la poudre d'escampette avant qu'on te tire de la vraie poudre dans les fesses ! ai-je entendu Magnus crier, à quelques petits et terrifiants mètres de nous.

— On emmène Poulichonne ! j'ai murmuré.

Que Lena et moi ayons réussi à nous extraire de la vieille stalle juchés sur la jument sans que personne ne s'en rende compte relève du miracle.

— Moi je dis : dans cette baraque, y a d'autres gens qui se sont enfuis avant nous ! a fait remarquer Lena.

On était assis, sans selle, sur le dos de Poulichonne. Je la tenais par la bride tandis que Lena se tenait à moi en me criant : « Allez, hue ! »

On est passés par le raccourci qu'on avait pris quand la bande à Baltasar était à nos trousses. Sauf qu'on avançait à une vitesse d'escargot, malgré les interminables « Allez, hue ! » de Lena. Poulichonne n'est pas franchement un cheval de course, pour dire les choses gentiment. Après tout, le nom de baptême de Poulichonne est Poulichonne de la Côte : elle a plutôt tendance à grimper, lentement.

— Quelle poisse, cette bourrique de merde ! se plaignait Lena, visiblement agacée sur les bords. Il faut qu'on se réfugie quelque part !

– On n'a qu'à aller voir Jon du Point de Côté, j'ai suggéré. C'est pas très loin, et comme ça on pourra voir comment il est installé.

La maison de retraite était plongée dans le silence quand on y est arrivés. Observant le bâtiment, Lena était d'avis qu'il ressemblait comme deux gouttes d'eau à la Suède. Elle était allée en Suède une fois dans sa vie, à l'âge de deux ans.

– Et si on attachait Poulichonne ici? a proposé Lena en désignant un panneau.

La plupart du temps, quand Lena et moi sommes en visite à la maison de retraite, c'est avec le reste de la classe, et on est censés présenter un petit spectacle ou un truc dans ce genre. On n'a donc pas vraiment l'habitude d'y débarquer sans nos flûtes à bec. Mais ça ne nous a pas empêchés de retrouver la pièce à vivre où Jon du Point de Côté avait pris place, regardant d'un seul œil par la fenêtre. Je crois que la Côte lui manquait.

– Y a du monde là-dedans? s'est écriée Lena.

Jon du Point de Côté a été agréablement surpris en nous voyant. J'ai essayé de lui expliquer du mieux que j'ai pu ce qui s'était passé : les radios, les Allemands lancés à notre poursuite, bref. Le hic, c'est qu'il y avait d'autres personnes dans la pièce, et certaines ont un peu trop bien compris ce que je racontais. Comme cette vieille dame, par exemple. Anna, elle s'appelait. Elle croyait que la guerre durait toujours et que les Allemands voulaient nous mettre la main dessus pour de vrai.

Avant qu'on ait eu le temps de se retourner, Lena

et moi nous sommes retrouvés dans l'armoire d'Anna, entre ses jupes et ses corsages. Elle a installé une chaise devant et s'est assise dessus pour faire le guet.

– Pas un Allemand vivant n'ouvrira cette porte ! criait-elle.

De toute façon, ni Lena ni moi ne pouvions sortir… J'ai senti qu'au train où allaient les choses, je commençais de plus en plus à douter de notre guerre, même si Lena, elle, gloussait de satisfaction dans le noir.

– Il n'y a personne dans cette armoire ! s'est brutalement époumonée Anna au bout d'un moment.

Je me suis pressé contre la porte pour regarder par l'interstice. Papa, papy, Minda et Magnus venaient de débouler dans la chambre. Sur ces entrefaites, Jon du Point de Côté leur est passé devant, cahin-caha, puis s'est emparé de la banane qui traînait sur la table de chevet. Il l'a brandie comme s'il s'agissait d'un pistolet. La scène était tellement grotesque que Lena et moi avons éclaté de rire. Et tout le monde s'est mis à rire, d'ailleurs. Tous sauf Anna. Elle ne trouvait pas ça rigolo du tout et s'acharnait à nous défendre. Ce n'est que lorsque papa est retourné dans la pièce à vivre pour s'installer au piano qu'elle a oublié les Allemands et le reste, nous permettant ainsi d'être délivrés de l'armoire. Papy l'a alors invitée à danser une valse.

– Comment vous nous avez retrouvés ? j'ai demandé.

– C'est vrai que c'est pas ordinaire, a répondu papa, pas très content, sur le tabouret du piano.

Mais tu vois, quand une jument est attachée devant une maison de retraite, on se dit qu'on n'est pas très loin du but.

– C'est qu'elle est pas fastoche à garer, la bestiole, a bougonné Lena.

En entendant ça, Jon du Point de Côté a ouvert de grands yeux.

– Vous avez amené Poulichonne, mes petits chéris ?

Je crois que jamais je n'ai vu un vieil homme aussi content.

Ce jour-là, on est restés tout un moment à la maison de retraite et, quand on est partis, j'ai promis à Jon du Point de Côté qu'on reviendrait souvent lui rendre une petite visite avec Poulichonne. Mais d'abord maman nous a envoyés, Lena et moi, au Grini du coin : trois après-midi entiers, on a été forcés de dépierrer un champ où elle comptait planter des choux.

L'incendie

La nature commençait à pousser, le printemps était proche. Je le sentais en moi. Tous les matins, je me mettais devant la fenêtre, je regardais dehors, et je sentais que le printemps n'en avait plus pour très longtemps. Un après-midi, Lena et moi, on a emmené Krølla pour le lui montrer. On est d'abord allés dans l'écurie. Lena s'est lancée dans ses explications :

– Tu vois, Krølla, bientôt, des agneaux vont sortir des fesses des brebis.

Pendant ce temps, je caressais ma brebis préférée sur la tête, elle avait un ventre gros comme un ballon de plage. Krølla a ricané et lui a donné un peu de foin.

– Et puis, quand l'herbe dehors sera toute verte, on pourra lâcher les agneaux dans les champs. Tu te souviens comment c'était l'année dernière, Krølla ?

– Ouais ! a-t-elle fait, mais je crois qu'elle mentait.

Ensuite, on est allés dans le jardin, sous le poirier. Les perce-neige n'avaient pas encore montré le bout de leur tige mais j'ai indiqué à Krølla l'endroit exact où ils allaient éclater.

— Peut-être qu'ils vont éclore dans une semaine… j'ai dit, et Krølla a promis qu'elle allait ouvrir l'œil.

C'est bien d'être grand frère. On a raconté à Krølla tout un tas de choses sur le printemps.

— Et enfin ce sera la Saint-Jean et on allumera un grand feu le long du rivage.

— Et papy nous balancera du fumier à la figure ! a ri Krølla.

Ça, elle s'en souvenait très bien.

— Mais qui est-ce qui va faire les mariés cette année ? j'ai demandé, davantage à moi-même, en sentant comme une petite piqûre à l'estomac – puisque mamie bis n'était plus là pour être la mariée.

— Pas nous en tout cas ! s'est exclamée Lena.

Papy était installé sous la terrasse où il s'occupait de ses filets. Krølla lui a raconté qu'on était allés regarder le printemps.

— Oui oui, le printemps va venir, pas de doute là-dessus. Mais pour l'instant, il m'a l'air d'avoir un peu de plomb dans l'aile, si tu veux mon avis, a répondu papy en plissant les yeux, le regard fixé sur le fjord.

De l'autre côté, le ciel était tout noir. C'était étrange de se dire qu'à Knert-Mathilde il faisait beau, qu'il y avait du soleil, alors qu'ailleurs il pleuvait.

Mais la pluie n'a pas tardé à doucher notre baie. On s'est dépêchés de rentrer et on a passé le reste de la journée à faire des trucs d'intérieur. Quand on est allés se coucher, l'orage s'est abattu sur Knert-Mathilde, avec tonnerre et éclairs à la clé. Au fond de moi, j'aurais aimé pouvoir me faufiler jusque dans la chambre de Lena et y reprendre l'image de Jésus. Et dire qu'elle était bien tranquillement allongée dans son lit, qu'elle n'avait pas peur, alors que moi j'étais mort de trouille et que, en fin de compte, c'était mon image à moi. La foudre a fini par tomber si fort que j'ai été incapable de rester dans mon lit. Je me suis levé pour rejoindre papa et maman, juste histoire de leur demander si les craquements infernaux qu'on entendait étaient normaux.

Dans le couloir, je suis tombé nez à nez avec Lena.

— Tu as les chocottes ? m'a-t-elle demandé, à toute vitesse, en me voyant sortir de ma chambre.

J'ai haussé les épaules.

— Et toi ?

Lena a secoué la tête. Et là j'ai senti que la colère prenait le dessus : non seulement elle avait mon image de Jésus, mais en plus j'étais certain qu'elle me racontait des salades.

— C'est pas vrai ! En fait t'as peur ! Sinon pourquoi tu serais dans le couloir ? j'ai demandé.

Lena a croisé les mains sur sa poitrine en les claquant.

— Je m'apprêtais à sortir dehors.

— Dehors ?

— Oui, dehors. Je vais dormir sur la terrasse. Comme ça, j'entendrai le potin d'enfer que fait ce tonnerre.

J'ai senti des picotements me chatouiller le ventre. Mais, avant que mes genoux se mettent à trembler, j'ai dit :

— Eh ben figure-toi que moi aussi !

Oh là là, ce que j'avais peur ! Même si ce n'était pas visible sur la figure de Lena, je suis sûr et certain qu'elle avait peur elle aussi. Ce n'était pas possible autrement. Il tonnait tellement que la terrasse en tremblait. Il n'a fallu que quelques minutes pour que nous nous retrouvions trempés jusqu'aux os, alors qu'on était protégés par le toit et bien emmitouflés dans nos duvets. À intervalles réguliers, des éclairs zébraient le ciel en zigzag, éclairant le paysage comme en plein jour. À la pluie torrentielle s'ajoutait le tonnerre qui grondait pire que des roulements de tambour – c'était épouvantable de bout en bout. Jamais je n'ai vécu d'orage aussi violent. Chaque nouveau coup de tonnerre était plus puissant que le précédent. Au final, j'ai préféré fermer les yeux et me boucher les oreilles, terrorisé au point de ne plus savoir comment je m'appelais. Lena se tenait à côté de moi, telle la figure de proue d'un galion. Sa bouche se résumait à un minuscule trait barrant son visage. Et, tout à coup, j'ai compris qu'elle aurait voulu être avec sa mère. J'ai laissé mes mains retomber lourdement. Pauvre Lena ! Je m'apprêtais à lui dire quelque chose quand la foudre est tombée, précédée à une demi-seconde près d'une série d'éclairs. Avec une lumière si blanche et un rugissement si tonitruant que Lena et moi nous sommes blottis l'un contre l'autre en nous enfouissant la tête dans notre sac de couchage.

– On est dingues ! je criais. Il faut qu'on rentre à l'intérieur, Lena !

Lena n'a pas répondu. Entre-temps, elle s'était redressée.

– Trille, il y a le feu dans l'étable !

Arrachant mon duvet, j'ai bondi. Le feu !

– Poulichonne ! j'ai crié en m'élançant aussi sec.

Derrière moi, j'entendais Lena gueuler dans la maison comme elle seule en a l'art – et c'est après moi qu'elle en avait.

– Trille, n'y va pas !

Mais je ne l'ai pas écoutée. Il tonnait, il pleuvait, des éclairs et un incendie faisaient rage, et Poulichonne était enfermée dans sa vieille stalle. Il fallait absolument que je la sorte de là. Pour l'instant, les flammes ne s'étaient emparées que de la toiture. J'ai ouvert la porte avec fracas. Il y avait de la fumée partout. Mais je savais exactement où se trouvait Poulichonne.

– Allez, viens, j'ai dit, en la prenant par la bride. Viens, ma chérie.

Or la jument ne bougeait pas. Comme clouée sur place. J'ai eu beau la câliner, la tirer, lui dire des mots doux, Poulichonne restait immobile. À croire qu'elle voulait brûler vive. Ne comprenait-elle pas qu'elle devait décamper d'ici ? J'ai éclaté en sanglots.

– Mais viens, à la fin !

Je criais, je tirais de toutes mes forces sur la bride, la jument se cabrait, mais elle n'avançait pas d'un millimètre. Il devenait de plus en plus difficile de respirer, j'ai senti que j'étais à deux doigts de paniquer.

Et c'est à ce moment-là que Lena est apparue. Surgissant du rideau de fumée. Elle m'a attrapé par le bras en me serrant si fort que ça m'a fait mal, voulant me traîner dehors de la même manière que je tirais sur Poulichonne.

– La jument !

Je gémissais, je ne voyais plus rien.

– Sors d'ici, Trille ! Le toit va s'effondrer !

Elle s'adressait à moi d'une voix courroucée.

– La jument… Elle ne veut pas bouger…

Je pleurais, désormais aussi immobile que Pou-lichonne. Lena a alors lâché ma main.

– Cette bourrique est aussi bête qu'une vache ! a-t-elle crié.

Sur ce, elle s'est campée devant l'oreille de Pou-lichonne, sans rien dire, sans faire un geste. Le feu craquait et crépitait.

– Bouh ! a alors hurlé Lena.

Là, Poulichonne s'est élancée au galop, à une vitesse prodigieuse. J'ai perdu l'équilibre dans la bousculade et suis tombé à la renverse. Lena était quasiment sortie de l'écurie quand elle s'est rendu compte de ma chute.

– Trille !

Effrayée, elle s'est retournée vers moi à la vitesse de l'éclair. Soudain, une poutre en feu s'est désoli-darisée du toit.

– Trille ! a-t-elle de nouveau crié.

Je n'ai pas eu la force de répondre. Je me sentais exactement comme Poulichonne : tétanisé de frayeur. La poutre enflammée était tombée entre la porte et moi.

Et encore une fois Lena a surgi. Elle a sauté par-dessus la poutre comme un petit kangourou. Ses doigts graciles se sont enfoncés dans mon bras. Puis elle a pris son élan et m'a quasiment jeté vers la sortie. Oui, je crois bien qu'en fait elle m'a balancé

168

dehors. J'ai rampé sur les derniers mètres qui me séparaient de la porte ouverte. La dernière chose dont je me souvienne, c'est de ma joue contre l'herbe humide et de mains puissantes qui se sont emparées de moi pour m'extraire définitivement de l'écurie.

Toute ma famille était dehors, sous la pluie, dans un concert de hurlements et de vociférations.

– Lena… ai-je chuchoté.

Je ne la voyais nulle part. Je ne voyais que maman, c'est elle qui m'avait soulevé.

– Lena est dedans !

Je criais, je me débattais, j'essayais de me défaire de son étreinte, mais maman me serrait. J'ai donné des coups de pied, pleuré, hurlé de plus belle, sans là non plus réussir à me dégager, condamné à regarder la porte ouverte de l'écurie. J'étais impuissant alors que Lena se trouvait dedans. Lena était coincée dans la vieille stalle, dans l'incendie…

Et c'est là que, titubant, papy est sorti des flammes avec ce qui ressemblait à un gros tas de vêtements. Épuisé, il s'est agenouillé, déposant Lena dans l'herbe.

L'hôpital. S'il y a bien un endroit que je n'aime pas, c'est celui-ci. Mais au moins, les gens guérissent après y avoir séjourné. Et, à l'heure qu'il était, je me tenais devant une porte blanche, seul. J'étais venu pour accorder une visite. J'ai frappé. Sous le bras, j'avais une boîte de chocolats fourrés. Que j'avais remplacés par des carrés de chocolat au lait.

– Entreeez ! a claironné une voix à l'intérieur – on aurait cru entendre une chorale.

Assise dans le lit, Lena lisait *Le Journal de Mickey*.

Elle avait un bandage blanc autour de la tête, ses cheveux avaient été rasés. Dans l'incendie, des touffes entières avaient brûlé. Et elle avait inhalé beaucoup de fumée. Sinon, elle allait bien. Finalement, tout allait bien. Et pourtant c'était étrange de la voir.

– Salut… j'ai dit, timidement, en lui tendant la boîte de chocolats fourrés.

Comme Lena fronçait le nez, je me suis empressé de lui préciser qu'il y avait du chocolat au lait dedans.

– Tu veux de la confiture de fraises ? a-t-elle répliqué.

Si j'en voulais… ? Lena avait une pleine réserve de petits pots de confiture dans son tiroir. On lui en donnait autant qu'elle voulait, m'a-t-elle expliqué. Et donc on a mangé de la confiture de fraises et du chocolat au lait pendant que je demandais à Lena si elle avait mal à la tête – bref, ce genre de questions qu'on pose à un malade. Non, elle n'avait pas trop mal. Elle voulait surtout rentrer à la maison. Mais, à l'hôpital, ils voulaient qu'elle reste encore un jour ou deux, pour s'assurer que sa santé évoluait dans le bon sens.

– Oui, c'est sûrement nécessaire, j'ai dit, en donnant raison à l'hôpital.

Mon image de Jésus était accrochée au-dessus de son lit.

– Dis, Lena… ai-je marmonné au bout d'un moment.

– Mm ?

– Merci de m'avoir sauvé la vie.

Elle n'a pas répondu.

– C'était courageux.

– Euh… a-t-elle fait, en détournant le regard.
Il fallait bien.

Je me suis dit : « Il fallait bien », oui et non…
Mais avant que j'aie terminé ma pensée, Lena a
ajouté :

– Qu'est-ce tu crois ? J'allais tout de même pas
laisser brûler mon meilleur ami !

J'ai été incapable de prononcer un seul mot
pendant plusieurs minutes.

– Ton meilleur ami… ai-je fini par baragouiner.
Je suis ton meilleur ami, Lena ?

Elle m'a regardé d'un air bizarre.

– Ben, oui ! Qui veux-tu que ce soit à part toi ?
Kai-Tommy, peut-être ?

J'ai eu l'impression que la grosse pierre qui pesait
dans mon estomac venait de se pulvériser. J'avais
une meilleure amie ! Lena était là, dans son lit
d'hôpital, chauve, la tête bandée, elle léchait de la
confiture de fraises d'un énième petit pot et elle
ignorait le bonheur qu'elle venait de me faire.

– Je crois que dorénavant mes genoux tremble-
ront nettement moins, j'ai souri.

Lena n'était pas du tout de mon avis.

– C'est toi qui as fait preuve de courage en allant
chercher Poulichonne, cette idiote de vieille bourrique. Au fait, Trille, a-t-elle ajouté, je vais me marier.

– Tu vas te marier ? Mais avec qui ?

Elle m'a alors raconté que, plus tôt dans la journée, alors qu'elle était allongée et faisait semblant
de dormir, sa mère et Isak étaient chacun d'un côté
du lit et la veillaient. Ils parlaient d'amour, de Lena

et de Knert-Mathilde. Lena a compris qu'Isak n'avait au fond rien contre le fait de venir vivre à Knert-Mathilde, si ça ne tenait qu'à ça. Il avait entendu dire qu'il était possible de faire le ménage dans le sous-sol.

— Mais ils n'en venaient jamais au nœud de l'affaire, Trille… Donc au bout d'un moment j'ai écarquillé les yeux.

— Et ?

— Et j'ai dit : « Isak, est-ce que tu veux te marier avec nous ? »

— T'as fait ça ? Et qu'est-ce qu'il a répondu ?

Lena m'a encore une fois regardé avec un air bizarre.

— Il a dit oui, que veux-tu qu'il réponde d'autre ?

Sur ce, elle a enfourné dans sa bouche un carré de chocolat qu'elle a croqué avec satisfaction.

— Tu vas avoir un papa, Lena ! ai-je crié, content comme tout.

Les époux de la Saint-Jean

Tout était fin prêt le jour où ç'a été à nouveau la Saint-Jean. Debout devant la fenêtre ouverte de ma chambre, je contemplais notre royaume. Ah, quel bonheur qu'il existe des journées comme celle-ci ! Pleines de soleil, avec la mer et les champs juste fauchés en ligne de mire.

– Lena, il faut qu'on aille dehors !

Et, bien que ce soit le jour des noces, avec tout le raffut que ce mariage impliquait, on s'est tout bonnement éclipsés dans l'été, Lena et moi. De toute façon, quoi qu'on fasse, on était toujours dans leurs pattes, on les dérangeait, donc mieux valait aller courir dans les champs.

– T'es un peu mou du genou dans ton genre, Trille ! m'a lancé Lena, essoufflée, au moment où on est arrivés au bord du rivage tous les deux en même temps.

J'ai pensé : « Mou du genou… » c'est celui qui dit qui y est. Mais je l'ai gardé pour moi. Ensuite on a pataugé dans l'eau et on a balancé des algues contre le mur du hangar à bateaux. J'adore le bruit que les algues font à ce moment-là : une espèce de claquement sec – rien d'autre à part les algues ne claque comme ça. Et après on a sauté sur les rochers jusque chez oncle Tor. Lena s'est faufilée en douce dans la barque, a planté une fleur de pissenlit dans le trou de la serrure de la cabine de pilotage. Les génisses broutaient dehors.

— Tu crois que c'est possible de chevaucher une vache ? m'a demandé Lena.

Ça l'était effectivement. Comme on a pu s'en rendre compte. Lena considérait qu'on pouvait courir de plus grands risques maintenant qu'on avait un docteur à demeure dans la baie. Et même si j'avais juré à oncle Tor de ne plus jamais emprunter ses génisses sans lui demander la permission, on a fait une petite entorse à la promesse.

Tout s'est passé ensuite exactement comme d'habitude : mal. Encore une fois, ç'a été du n'importe quoi.

Mais, le soir, Lena était recouverte de pansements et débarrassée de toute la bouse de vache qu'elle s'était récoltée. Elle avait même enfilé une robe puisque non seulement c'était la fête de la Saint-Jean mais aussi le mariage et, là, il y avait franchement des limites à ce qu'elle pouvait encore inventer.

— Oui, a répondu Isak quand le pasteur lui a demandé s'il voulait épouser la mère de Lena.

— Oui, a répondu la mère de Lena quand le pasteur lui a demandé si elle voulait épouser Isak.

Et, bien que personne ne lui ait demandé quoi que ce soit, Lena a crié, a hurlé, mugi, rugi :

– Ouiiiiii !!!

Puisque, bien sûr, il aurait été impensable d'imaginer un mariage sans l'une de ces commotions cérébrales dont elle seule a le secret.

Le feu de la Saint-Jean brûlait paisiblement, la soirée était douce et chaude, le rivage n'avait jamais vu autant de monde ni entendu autant de musique qu'aujourd'hui.

– Tu trouves que la mariée est plus belle cette année que l'année dernière ? m'a demandé papy au cours de la soirée.

Il était assis sur un rocher, vêtu de son plus beau costume, une tasse de café à la main, légèrement en retrait de la foule.

– Peut-être un peu, oui, j'ai admis, honnête jusqu'au bout – car jamais je n'avais vu de femme plus belle que la maman de Lena.

– Mm… a fait papy, vexé sur les bords.

– Elle te manque aujourd'hui, mamie bis ?

– Peut-être un peu, oui, a répondu papy en tournant sa tasse de café entre ses doigts.

Je l'ai regardé un petit moment, puis j'ai senti mon cœur grossir dans ma poitrine au point qu'il n'y avait presque plus assez de place pour le contenir. J'ai eu alors envie d'offrir à papy ce qu'il y avait de meilleur sur la terre. Et, d'un coup d'un seul, j'ai su ce que j'allais faire. Sans me faire remarquer, je suis remonté à la ferme.

L'appartement de papy était plongé dans la pénombre et la quiétude. J'ai grimpé sur le plan de travail et me suis étiré de tout mon long. Tout en haut, au-dessus du placard, je l'ai trouvé. C'était écrit dessus : *gaufrier de mamie bis*. Je l'ai soulevé et laissé reposer dans mes mains pendant quelques minutes. Puis je suis allé dans la chambre à coucher de papy. Dans son livre de psaumes, j'ai trouvé un bout de papier, jauni, chiffonné. En haut figurait : *Cœurs de gaufre*, écrit avec cette écriture d'autrefois. C'était donc comme ça qu'elle appelait ses gaufres, mamie bis…

Je ne suis pas très doué en cuisine, mais j'ai suivi la recette à la lettre. Pas très longtemps après, j'ai obtenu une belle pâte dans mon récipient. Alors que je m'apprêtais à commencer à faire les gaufres, la porte a été ouverte en grand, et avec un fracas assourdissant.

— Tu peux me dire ce que t'es en train de mijoter dans ton coin ?

Lena me regardait d'un œil suspicieux. Puis elle a aperçu le gaufrier.

— Ben dis donc…

— Peut-être que tu devrais retourner avec les autres… j'ai dit, du bout des lèvres, même si je voulais qu'elle reste. Ta mère se marie quand même…

Lena ne quittait pas le gaufrier des yeux.

— Maman se débrouillera très bien sans moi.

Puis elle s'est adossée à la porte qui s'est refermée avec le même fracas que tout à l'heure.

Jamais je n'oublierai cette soirée où Lena et moi avons fait des gaufres pour papy alors que, sur le rivage, les époux de la Saint-Jean fêtaient leur mariage. On était assis sur le plan de travail, de chaque côté du gaufrier, et on ne disait presque rien. La musique et les voix joyeuses montaient jusqu'à nous, comme un léger vrombissement. Je versais la pâte dans le gaufrier puis Lena retirait la gaufre cuite.

Soudain, Lena a dit :

– Maintenant je vais pouvoir te rendre ton image.

J'étais tellement éberlué que j'ai renversé de la pâte à côté du gaufrier.

– Merci.

J'étais tellement content.

On avait presque terminé de faire les gaufres quand papy est arrivé. Il n'en croyait pas ses yeux. Nous ici ? Et il en croyait encore moins ses yeux quand il a vu ce qu'on était en train de faire.

– Surpriiise ! s'est égosillée Lena au point que la tapisserie s'est presque décollée des murs.

Puis on a mangé des « cœurs de gaufre », papy, Lena et moi. Pour la première fois depuis la mort de mamie bis. Je suis sûr que, là-haut dans le ciel, elle souriait. Papy souriait lui aussi.

– Hm… Notre petit Trille et notre petite voisine…

Il l'a dit d'une voix toute douce, l'a répété à plusieurs reprises, en secouant à chaque fois la tête, avec une expression qui avait la même douceur que sa voix.

Après sept gaufres, il s'est endormi dans son fauteuil. Il n'est pas habitué à veiller si tard, papy. Lena et moi, on a étendu une couverture sur lui, puis on s'est faufilés dehors. La fête des noces battait toujours son plein au bord de l'eau. Dans la nuit claire de l'été, on apercevait les gens.

— Et maintenant, Lena, tu as un papa.

— Pas qu'un peu, ouais !

Elle a esquissé un sourire de satisfaction avant d'engloutir le dernier cœur de gaufre.

Et moi j'ai une meilleure amie, me suis-je dit, heureux.

Table des matières

Le trou dans la haie 7

Notre petit Trille et notre petite voisine 11

Éteindre une sorcière 17

La barque de Noé 29

Cherche papa 41

Le clan des grands-parents 51

Isak 63

C'est l'été, *Joyeux Noël*! 69

Le jour où j'ai fragmenté Lena 79

La fin des vacances 85

Descente des moutons et tour en hélicoptère . 95

Lena a encore frappé 103

La neige 109

Le jour le plus triste de ma vie 119

Papy et moi 125

Chute de luge avec double commotion
    cérébrale plus une poule volante 131

Jon de la Côte et Poulichonne de la Côte . . . 141

Lena et moi jouons à la
    Seconde Guerre mondiale 155

L'incendie 163

Les époux de la Saint-Jean 173

Collection Romans

Niveau de lecture : collège

Si même les arbres meurent
de Jeanne Benameur

Dans un couloir d'hôpital, un frère et une sœur attendent… Leur père est dans le coma, entre la vie et la mort. Leur mère est tout entière à sa douleur. L'issue de cette attente insupportable leur apprendra que seul l'amour ne meurt jamais.

L'Inde de Naïta
de Patrice Favaro

Naïta se rend en Inde, retrouver son père qui organise des treks et aide des Tibétains en exil. L'amitié d'un jeune réfugié et la rencontre avec un moine tibétain lui permettront de porter un autre regard sur la vie.

La Vie, en gros
de Mikaël Ollivier

Obésité de catégorie 2… Des mots bien sérieux pour décrire ce qui, chez Benjamin, semblait simplement le signe d'une certaine joie de vivre… Sport, boums, régime… rien n'est simple quand on est gros et que l'on redoute le regard des autres. Et si en plus l'amour s'en mêle !

Fugue en mineure
de Rachel Hausfater

Jeanne a seize ans et demi, porte des jeans et de longues jupes fleuries. Elle veut qu'on l'appelle Jane. En ce début des années soixante-dix, la musique et les livres lui parlent d'une Amérique hippie, où soufflerait un vent de révolte et de liberté. Alors Jane s'enfuit en Californie, affronter son rêve…

Au clair de la Louna
de Kochka

Michka et sa cousine Louna ont le même âge mais ne se sont jamais vues. Louna est autiste. Michka rêve de rencontrer sa cousine sans toutefois imaginer combien la rencontre peut être éprouvante. Il faudra deux années à Michka pour accepter de refaire un bout de route avec Louna, tantôt si proche et tantôt si lointaine…

Avec ou sans celte ?
de Yann Mens

Erwan vit dans un village breton sans histoire. Grâce à un manuscrit, les habitants apprennent que leurs ancêtres étaient de redoutables guerriers celtes. Il n'en faut pas plus pour ranimer la fibre celtique d'une partie de la population. Mais le délire patriotique pourrait mal tourner…

C'est la règle
de Gisèle Pineau

Stéphane a du mal à admettre le divorce de ses parents. Malgré la promesse que rien ne changera, il sait bien que tout va changer. On l'a prévenu : les femmes divorcées se remarient un jour ou l'autre ! Et quand sa mère lui présente Denis (ou plutôt Denis et sa fille Gina), ce qui bouleverse le plus Stéphane, c'est qu'il est antillais, donc noir...

La Boutique Jaune
de Jeanne Benameur

Marion, quatorze ans, fille unique, vient d'emménager. Dans la rue, La Boutique Jaune, une très vieille boutique fermée depuis longtemps, l'attire, la fascine. Adalbert Lecœur, le vieux voisin anarchiste et brocanteur, lui confie l'histoire bouleversante des anciennes propriétaires...

Folle
de Bernard Friot

Depuis des semaines, la mère de Franck pleure tout le temps, ne prononce plus un mot. Quand elle part pour l'hôpital psychiatrique, Franck la raie de son existence, refusant d'aller la voir, de lui téléphoner. Pourtant il faudra bien qu'il l'admette : sa mère lui manque terriblement, et la maladie se soigne.

Kidnapping
de Jean-Marie Firdion

Cloîtré à la maison pour un banal mal de ventre, Benjamin est seul. Des cambrioleurs débarquent, persuadés d'être tranquilles. Tout s'emballe : kidnapping improvisé, demande de rançon... Benjamin bascule dans un véritable cauchemar. Lorsqu'il est libéré, tout pourrait redevenir normal. Mais non, Benjamin n'arrive plus à dormir, ne veut pas retourner au collège... Que faire de cette souffrance que personne n'entend ?

Le Transfo
de Sylvie Deshors

Installé sur le toit du transformateur, Bô dessine, loin de l'agitation de la ville. Car Bô est sourd. Un jour, il trouve son refuge squatté par Angela, cible désignée d'une bande de garçons qui s'acharne contre elle au collège.

Une île trop loin
de Annika Thor

Victimes des persécutions nazies contre les Juifs à Vienne, les parents de Steffie et de Nelli ont décidé de les envoyer en Suède, à l'abri. Les deux sœurs se retrouvent perdues sur une île au climat rude. Le temps passe, les nouvelles de Vienne se font rares. Et si les deux sœurs ne revoyaient plus jamais leurs parents ? Steffie ne peut l'imaginer...

L'Étang aux nénuphars
de Annika Thor

Steffi est inscrite au lycée de Göteborg. Alors que les nouvelles de ses parents en Autriche se font de plus en plus pessimistes, Steffi ne se sent pas chez elle dans la famille bourgeoise qui l'héberge, d'autant que l'idéologie allemande gagne du terrain. Mais l'espoir persiste de retrouver les siens, bientôt, en Amérique.

Les Profondeurs de la mer
de Annika Thor

Tout va mal en ce début de troisième année en Suède. Steffi risque de perdre la bourse qui finançait ses études, alors que Nelli, sa sœur, rêve d'être adoptée par sa famille d'accueil. Bientôt, plus de nouvelles de ses parents en Autriche. Et le silence qui s'installe...

Vers le large
de Annika Thor

La fin de la guerre devient réalité. Steffi et Nelli imaginent qu'elles vont devenir suédoises. Leur vie leur semble désormais dans ce pays où elles vivent depuis plusieurs années. Mais une lettre de leur père vient bouleverser ce fragile équilibre.

Fils de Django
de Yann Mens

Alexandre rêve de jouer de la guitare jazz. Pour se payer des cours, il anime avec une bande de papis un orchestre de bal chaque samedi soir. Entre les reprises de Django Reinhardt et celles des standards de rock des années soixante-dix, Alexandre va se révéler plutôt doué...

Léo des villes, Léo des champs
de Jean-Philippe Arrou-Vignod

Léo ne fiche plus rien à l'école. Ses parents envisagent de le mettre en pension, à la campagne. Sa grand-mère le prendrait en charge et, pour le mois d'août, Léo y part, « à l'essai », avec la ferme intention de lui en faire baver un maximum !

Petit homme reggae
de Christian Moire

Kingston, Jamaïque, 1975. Ritchie rêve de disques, de concerts, et de célébrité... Son grand-père le fait embaucher comme cuisinier chez Bob Marley. Ritchie va partager la vie du musicien au sommet de sa gloire, avant de voler de ses propres ailes.

Quitte ta mère
de Jeanne Benameur

Quand on est tout pour sa mère, est-ce que ce n'est pas trop ? Bastien en a assez, il se sent prêt à décider de sa vie. Son départ en vacances, comme chaque année, à La Rochelle chez son grand-père sera l'occasion de faire le point.

Des têtards dans un bocal
de Laila Stien

C'est les grandes vacances et Helene s'ennuie à mourir. L'arrivée de nouveaux voisins apporte un remue-ménage bienvenu. Surtout que Jim, aux cheveux d'un blond si jaune qu'il ressemble à un bouton d'or, lui plaît beaucoup. Prête à tout pour l'approcher, Helene déclenche catastrophe sur catastrophe !

Vol, envol
de Monika Feth

Dans la famille de Dole, on est pickpocket depuis des générations. Freddy, son frère aîné et complice de toujours, annonce qu'il ne veut plus de cette vie hors la loi et tente de persuader sa petite sœur de faire le même choix que lui, mais Dole n'est pas prête.

La Fille aux cheveux courts
de Kochka

Beyrouth, 1976. C'est la guerre. M. Jacques confie la garde de son appartement à Nabil, le temps d'installer sa famille en sécurité à Paris. En réparant un meuble, Nabil découvre le journal intime de Marie, la plus jeune des filles. Il découvre ce qu'elle n'a jamais dit à personne : ses douleurs et ses révoltes secrètes.

La Contrescarpe
de Catherine Sanejouand

Un matin, au petit déjeuner, Coline décide de se taire, de ne plus ouvrir la bouche. C'est le seul moyen qu'elle a trouvé pour briser le silence de ses parents. Car, avant sa naissance, il y a eu une autre fille, Violaine, belle, intelligente, vive, bonne élève...

Cinq
de Marie-Sophie Vermot

Fleur et Will sont jumeaux, complices de toujours malgré leurs différences. Mais Will est victime d'un grave accident ferroviaire. Sévèrement brûlé, il plonge dans le coma. À son réveil ne prononce plus un mot. Les parents pensent que seule Fleur peut ramener son frère vers la vie.

E-den
de Mikaël Ollivier

Dans un monde futur, mais pas si éloigné du nôtre, une drogue d'un genre nouveau plonge ses victimes dans un coma profond : un monde virtuel au réalisme mortel. Goran va mener sa propre enquête et plonger à son tour dans le monde merveilleux d'E-den, avant que le paradis ne se transforme en enfer...

Une heure, une vie
de Jeanne Benameur

Les parents d'Aurélie se séparent et Aurélie ne trouve plus de place pour dire sa peine. Traversée de questions sur l'amour, elle n'a d'issue que dans le mensonge. Le temps du trajet en train qui la ramène chez sa mère, elle s'invente une vie chaque fois différente, toujours tragique.

L'*Étoile de l'Himalaya*
de Patrice Favaro

À Delhi, les gamins des rues mènent une vie de misère, subissent la violence dans des conditions terribles. Pour survivre Mohan devra-t-il lui aussi mendier, voler, toujours se cacher afin d'échapper aux policiers et aux bandes rivales ? Il a la rage de vivre autrement.

Voyage contre le vent
de Peter Härtling

La guerre est terminée. Bernd et sa tante Karla sont coincés dans une petite gare tchèque à attendre qu'un train arrive et les emmène jusqu'à Vienne. Interminables, les journées à chercher où se loger, de quoi manger, avec les autres réfugiés, tous allemands comme eux, et qui doivent rentrer...

Un boulot d'enfer
de Florence Thinard

Nina et son père meurent dans un accident de voiture. Les voilà anges au paradis... mais pas pour d'éternelles vacances ! Car Nina doit veiller, horreur, sur son ennemie personnelle, l'infâme Priscille Grant.

Zéro, le monde
de Frédérique Martin

La vie c'est pas toujours marrant, et Dominic a bien l'intention de ne pas se laisser faire. Heureusement il y a des rencontres qui vous réconcilient avec le monde. Heureusement il y a, parfois, une fille pour vous chavirer le cœur...

Entre les lignes
de Emmanuel Bourdier

C'est la guerre, dans un petit village du Berry, en zone tout récemment occupée. Alors que la résistance à l'occupant s'organise, de drôles d'attentats anonymes viennent animer le quotidien du village... et celui d'Augustin, onze ans. Qui est donc le résistant fantôme de Bengy ?

Douze choses à faire avant la fin du monde
de Bjørn Sortland

C'est la fin du monde. Therese apprend que ses parents vont divorcer. Et, comme si ça ne suffisait pas, elle prend conscience de sa situation : à treize ans, elle n'a toujours pas de petit copain. Que faire avant que ce monde ne s'écroule pour de bon ?

Baïti baïtak
de Alison Bernard

Malik vient tout droit du Yémen rejoindre sa tante. Mais la France qu'il trouve n'est pas le paradis sur terre que vantait Nour. Tout y est gris, rétréci, froid. Malik est « à côté », en décalage, différent des autres.

186

Sur l'Orénoque
de Pascale Maret

Fuyant l'Europe nazie, Simon arrive chez son oncle Vlad à Caracas au Venezuela. Malgré son âge, ses réticences, Simon doit suivre son oncle dans une expédition scientifique aux sources encore inexplorées de l'Orénoque. Commence une longue remontée du fleuve.

Une photo de toi
de Vincent de Swarte

Chaque week-end, porte de Montmartre, Julia fouille et déniche des appareils photo aux Puces. «Kaoku», un vendeur tout juste installé et qu'elle ne connaît pas, lui offre en cadeau un Weber fex avec une pellicule à l'intérieur.

Martin de Marseille
de Rolande Causse

Martin apprend que Francis, le père avec lequel il vit depuis toujours, n'est pas son vrai père. Du jazz plein les oreilles, il quitte Paris et débarque à Marseille, seul, à la recherche de ce deuxième père bien encombrant.

Nouvelles vertes
Collectif

D'énormes menaces pèsent sur l'avenir de notre planète : surexploitation des forêts tropicales, disparition d'espèces animales et végétales, usage massif de sacs plastique... Neuf nouvelles pour prendre conscience de la fragilité de la Terre.

Le Plus Grand Matin du monde
de Kochka

Élie est plongé dans le coma. Il a sauté d'un toit... Son père accourt aussitôt de Beyrouth. Il avait cru bien faire en envoyant sa famille à Paris à l'abri des bombes et des balles perdues. Il ne s'est pas rendu compte que son fils grandissait sans lui.

Tempêtes
de Hanno

Rose, Malika et Tahar se perdent dans la forêt. La pluie obscurcit l'horizon, la nuit tombe, le vent se déchaîne... Pour quelques heures chacun affronte l'excitation de vivre en Robinson, mais aussi la peur, l'épuisement.

Le Si Gentil Monsieur Henry
de Clotilde Bernos

Monsieur Henry est un si gentil professeur de chant, tous les parents sont enchantés. Les parents, oui, mais les enfants ? Camille est terrorisée parce que derrière le gentil professeur de chant se cache un monstre pervers.

Frères de sang
de Mikaël Ollivier

Un soir, le destin des Lemeunier bascule. Brice, le fils aîné, est arrêté, soupçonné d'être l'auteur de cinq crimes odieux. D'abord terrassé, mais convaincu de l'innocence de son frère, Martin se lance dans une enquête en solitaire.

La Fille Corneille
de Bodil Bredsdorff

Des personnages isolés se rencontrent petit à petit et finissent par former une mini communauté : une orpheline, un petit garçon à l'abandon, une femme en fuite avec sa fille...

La Fille au châle
de Bodil Bredsdorff

Eidi se sent de trop dans la baie. Elle veut partir tenter sa chance. Puisqu'elle est douée pour les travaux d'aiguilles et de tissage, Eidi est embauchée chez Bandon, un fier et riche marchand à la personnalité complexe.

Le Garçon qui pensait être de trop
de Bodil Bredsdorff

L'hiver est rude à la baie aux Corneilles. Les réserves s'épuisent et Tink se sent de trop... L'arrivée de Burd va modifier la donne. Usé par sa vie d'alcoolique, Burd est encore un fin pêcheur. Il va initier Tink et, grâce à eux, personne n'aura faim cet hiver-là.

Hier encore, mon père était mort
de Mikaël Ollivier

C'est un choc incroyable pour Mathieu quand il découvre une longue et récente lettre, signée de son père, et qui parle de lui à chaque page... Son père n'est pas mort, il est en prison pour une longue peine à la suite d'un braquage.

Une année douce-amère
de Pascale Maret

En cette année 1943, sous l'Occupation, l'école du village accueille des réfugiés, venus de loin. Émile, fils de paysans, se lance dans la résistance active, par amour pour Édith qu'il cherche à protéger.

24 heures d'éternité
de Hubert Ben Kemoun

Valentin file à l'anglaise pour retrouver Caroline qui l'attend du côté de Nantes. Son chemin va croiser celui de Zacharie, qui sort de cinq années de prison et espère bien récupérer son butin...

Fille des crocodiles
de Marie-Florence Ehret

À Nanou, presque toutes les familles suivent les coutumes ancestrales. Mâ, la grand-mère de Fanta, ne veut pas entendre parler d'excision ni de mariage forcé. Fanta est un peu perdue au milieu de tout cela. Et sa mère est si loin !

Pas demain la veille
de Christophe Léon

De l'énergie à revendre, une lucidité à toute épreuve, un humour acide... Avec ce caractère-là, Loulou Antoine ne va pas se laisser vaincre par une petite maladie de rien du tout qui l'envoie à l'hôpital et lui fait perdre ses cheveux.

À vos risques et périls
de Pascale Maret

Six adolescents choisis par Grave Productions affrontent des épreuves lors d'un jeu de téléréalité sur une île déserte. Enfin pas si déserte, pas si tranquille l'île... Nos candidats vont l'apprendre à leurs dépens.

Sur la touche
de Lars Saabye Christensen

Otto veut jouer dans l'équipe de foot mais personne ne veut de lui, malgré ses efforts. Il s'entraîne inlassablement dans la cour de l'immeuble. L'été brûlant, alors que la ville est désertée, Otto ne lâche pas prise pour entrer enfin dans le match.

Celui qui n'était pas encore le Che
de Christian Moire

Avant d'affronter leur vie d'adulte, Ernesto et Alberto partent explorer l'Amérique du Sud à moto. À force de débrouillardise et de persévérance, leur long périple les mènera à destination. Un voyage initiatique qui a forgé la personnalité de celui qui deviendra le Che.

Faux Raccord
de Per Nilsson

Il croise une jeune fille dans le bus et en tombe éperdument amoureux. Ils font connaissance. La séparation d'un mois pour cause de voyage aux États-Unis confortera leur amour, il en est sûr. Au retour, le malentendu éclate : grand amour pour lui, grande amitié pour elle.

L'Alibi
de Mikaël Ollivier

On m'a menti durant quinze ans. La politesse, la grammaire, le piano, la physique et le bac tout au bout pour se préparer un avenir... Foutaises ! La seule chose qu'on devrait enseigner à l'école, c'est que la vie peut basculer en un clin d'œil.

Notre petite vie cernée de rêves
de Barbara Wersba

Albert s'ennuie dans une vie banale. Orpha Woodfin, une vieille voisine semi-clocharde, va le réveiller. Auprès d'elle, Albert se prend à vivre ses rêves. Tout devient possible, il suffit d'y croire.

Dans sa peau
de Benoît Broyard

La vie est trop moche chez lui, alors il part se réfugier dans une maison vide au plus profond de la forêt vosgienne. C'est là qu'il va tenter de se mettre dans la peau d'un autre. Mais la voix obsédante de son père ne le lâche pas.

Orages d'été
de Barbara Hall

L'été est de plomb à la ferme cette année-là et la récolte est compromise. Dutch sent bien que cela ne durera pas. L'arrivée dans sa famille de Norma, sa cousine, va ébranler les certitudes, révéler les secrets.

Le jour de toutes les dernières fois
de Martha Heesen

Boniface est un artiste sensible à l'infime. Jamais vraiment là, il passe son temps à dessiner. Ses absences répétées inquiètent sa famille mais sa dernière fugue est plus grave. Chacun va devoir affronter ses fêlures pour faire front ensemble.

C'est pour toi que le rôdeur vient
de Adrienne Maria Vrettos

Dylan tient secret un don effrayant. Elle a la vision d'enfants assassinés et du lieu où ils se trouvent. La disparition de la petite sœur de son amie va l'obliger à aller au fond d'elle-même et à anticiper ses visions.

Brèves rencontres avec ma mère
de Dana Reinhardt

Simone a toujours su qu'elle était une enfant adoptée. Sa rencontre avec Rivka, la femme qui l'a mise au monde, va provoquer de grandes questions d'ordre religieux et culturel.

CET OUVRAGE A ÉTÉ ACHEVÉ D'IMPRIMER
AU CLAIR DE LUNE POUR LE COMPTE
DES ÉDITIONS THIERRY MAGNIER
PAR L'IMPRIMERIE FLOCH
À MAYENNE EN JANVIER 2009
DÉPÔT LÉGAL : FÉVRIER 2009
N° D'IMPRESSION : 73037

Imprimé en France